在春风里成长

书写改革开放中的人生故事
第二卷

李朝全 主编

少年儿童出版社

目 录

- 001 - 编者的话

- 006 - **1989** 年 世上有朵美丽的花 罗伟章

- 020 - **1990** 年 我的新兵连 我的作家梦 丁晓平

- 034 - **1991** 年 1991 年的春天 于潇湉

- 046 - **1992** 年 时代新"三味" 盛永明

- 058 - **1993** 年 海南岛，我就靠你了！ 杨沐

- 070 - **1994** 年 "五自"助力雏鹰飞 孙云晓

-116-
1997年
倾听那一种声音
刘笑伟

-128-
1998年
"我的兄弟姐妹不流泪"
王国平

-102-
1996年
我的 1996
湘 女

-140-
1999年
一只苹果的故事
梅 洁

-148-
2000年
在 2000 年种下一颗光影的种子
葛 竞

-086-
1995年
穿上警服
韩青辰

-160-
2001年
国宝
马昇嘉

编者的话

时光无痕，岁月有声。四十多年前，1978年的那个冬天，中国共产党第十一届中央委员会第三次全体会议在北京举行，做出了实施改革开放的伟大决策，中国踏上了改革开放的崭新征程。一段注定要改写国家命运、塑造世界格局的历史篇章就此展开，中国的崛起拉开了序幕。2023年，迎来了改革开放45周年，更是全面贯彻党的二十大精神的开局之年。在这个特殊的时刻，我们以一套名为《在春风里成长：书写改革开放中的人生故事》的图书为纽带，向年轻一代的读者述说改革开放的感人故事，传递改革开放的磅礴力量，感悟时代的非凡巨变。

本书邀请了多位曾荣获中宣部"五个一工程"奖、中国出版政府奖、"中国好书"奖、中华优秀出版物奖、鲁迅文学奖、全国优秀儿童文学奖等奖项的作家代表，以时间为线，以故事为点，围绕改革开放每一年的大事件，诉说自己或身边人的故事，将那个日新月异的时代重新呈现在读者面前，感受点滴之水汇成小溪江河，共同在改革开放的洪流中奔向无垠大海的壮阔。这些作品丰富多彩，融合了个人成长、家庭生活、自然环境、科技发展和社会事件等多元主题。作家们通过回望历史，展现了个人成长中的奋斗，以及对国家与时代的深刻思考。

在这些文字中，既有对昔日艰辛的回顾，也有对未来希望的热切期盼。

作家们以深情的眼光，注视着改革开放带来的社会转型，让我们看到了中国在不断前行中的坚韧与智慧。作家们以鲜活的文学语言，灵敏捕捉时代跳动的脉搏，体现了改革开放是迎难而上的攀登，是坚韧不拔的奋斗，是全民族众志成城的信念铸就的。这套书不仅是对历史的记录，也是对改革开放伟大实践的深情讴歌，更是对中国人民不懈奋斗精神的生动表达。在这些文字中，我们获得了启发，找到了前行的力量，坚定了对更美好生活的向往。

故事从1978年的一首诗开始，读者可跟随作家们的笔触，感受改革开放初期的激情和期许、社会的变迁，以及个人的成长、令人难以忘怀的人物和故事。比如，1980年的《两间半》描绘了一个家庭在城市改革中的生活改善；1982年的《1982年的文学时光》引领读者走进文学复苏的年代；1990年的《我的新兵连我的作家梦》展示了一个年轻人对梦想的追寻。此外，书中还回望了一些重要的历史事件和科技进步，如2013年的《嫦娥三号，一个美丽的开始》、2018年的《守护南海珊瑚林》……故事中的主人公们，都是在改革开放的春风中成长起来的一代。他们经历过挫折，也迎接着机遇和希望。期待通过这些故事，激励读者勇敢面对挑战，追求卓越，为实现中华民族伟大复兴的中国梦而接续奋斗。

《在春风里成长》不仅用文字勾勒出中国人的精神轮廓，更通过图片展现了时代的细节。这些图片包括恢复高考后的第一批新生、青藏铁路通车、北京奥运会召开、乘改革开放之快意而走南闯北的青年人，等等，真切感人。

《在春风里成长》既是对中国改革开放壮丽图景的描摹，也是充满奋斗理想的告白和宣言。它更是一座桥梁，将过去、现在与将来，个人、家庭与国家紧密相连。

改革开放是辉煌的过去，是不止步的当下，也是众望所归的未来，期待你、我，我们所有人，一起在春风里成长，不断创造更加辉煌的新伟业。

图说中国故事
小照片里的大变化

1989年2月26日,我国第二个南极科学考察站——中国南极中山站在拉斯曼丘陵落成,这也是我国向南极内陆挺进的前进基地。

世上有朵美丽的花

罗伟章

世上有朵美丽的花

那是青春吐芳华

铮铮硬骨绽花开

漓漓鲜血染红它

啊 啊 绒花 绒花

啊 啊 一路芬芳满山崖

世上有朵英雄的花

那是青春放光华

花载亲人上高山

顶天立地迎彩霞

啊 啊 绒花 绒花

啊 啊 一路芬芳满山崖

不说,很多人也都知道,这首歌名叫《绒花》,是电影《小花》的插曲。我上初中一年级时,看了《小花》,当我读完初中,读完高中，又读完大学，电影里的镜头，只记得游击队员何翠姑跟人抬着受伤的红军战士艰难上山，别的都忘了，但《绒花》始终萦绕耳畔，并一路激励着我。"世上有朵美丽的花，那是青春吐芳华。"而青春之美，往往是在韶光逝去之后才能感知，才以叹息的语调去赞美，正当年华时，却很可能不知珍惜，随手抛掷。《绒花》教育我，青春只有绽放才能称为花朵，虚度光阴，将永远错过青春的香。

　　大学毕业后，我被分配到川东北一家省属矿务局，原以为就在市里上班，谁知市区只是总部，刚毕业的大学生都得下矿，于是我又去了金刚煤矿。那是深山更深处的一座老矿，背后有条河，名铜钵河，叫这名字，想必是感念它为沿岸民众带来了财富。其实河流成涓，近于干涸，河床甚至河道上，蓬蓬勃勃长满乱草，人钻进去，能被草埋得干干净净。抬眼望，不管哪个方位，都山峦重叠。山顶上是树杪，树杪上是岩鹰，岩鹰上是白云，白云上，是空空荡荡的天。报到时是七月中旬，那天太阳并没有出，热空气却像烧红的固体，横放在整个矿区，脚踩地，脚发烫，伸出手，手发烫，风一吹来，热浪扑脸。心情顿时沮丧，甚至苦闷，想自己十余年寒窗苦读，到头来落脚的地界，竟然比不上自己的故乡。

事实上，这里还是比我的故乡好，好很多。我的故乡在半山，虽不能称作穷山恶水，但人多土薄，饥饿贯穿了漫长的历史，直到八十年代初期，村民才能吃上一口饱饭。我差不多是在高中毕业那年，才第一次领略了吃饱肚子的滋味。金刚煤矿再偏远，毕竟是个像模像样的小镇，有街道、舞厅、电影院、灯光球场……只是在我当时的心境下，觉得这一切都很陌生，很简陋，特别是与我念大学的大城市比起来，几乎简陋到不忍看，更不忍想。

从矿务局分到煤矿，煤矿还得再分。我和刚去的六个人，都被分到子弟校教书。那时候学校已放暑假，秋季开学是九月，但我们不能回家，矿上让我们帮忙整理档案。天气大热，几人坐在小小的办公室里，吹着小小的电扇，不上半个钟头，衣服裤子都能挤出水，禁不住更加烦闷了。热是次要的，主要是见不到其中的意义，觉得这样的工作没有价值，觉得是在浪费自己的生命，何况是附加的任务。同时，有半年没回家了，很想念父亲，想念兄弟姐妹，如果不被拉来干这种活，我就能回去，跟他们待到八月底。

每天傍晚，我爱独自出门闲逛。矿办公大楼在西边，我们当时住的招待所也在西边，东边是学校，是我即将要去上岗的地方。我就从西走到东。学校分为两块，小学和幼儿园一块，初中部一块，横跨头顶的天桥将二者连成一体，即是说，学校建于山坡，教学楼从底部耸起。初中部正对的高墙顶端，修了排教职工宿舍，每间七八平米，里面放了张单人钢丝床。墙刚刷过，门刚漆过，气味浓烈，还不能住人，但我知道，我们各自都有一间，这是我当时唯一的安慰。过了十多年集体生活，实在想有个单独的房间，能自在地读书。

开学的日子终于来了，我们搬到学校去住了。我尽力布置着自己的宿舍，从校方借来一套学生课桌，当成书桌。书没地方放，就码在床上，床本来就窄，不过再窄一些也无所谓，想到自己睡觉的时候，书也在睡觉，自己起床的时候，书也在起床，醒里梦里，都有那么多杰出人物相伴，禁不住喜悦而宁静。我还写了副对联贴在门上，怎么写的已经忘了，大意是勉励自己要勤奋，最后四个字就是"勤奋为怀"，并在门上贴了张字条："欢迎晚上八点前来玩。"意思是，八点之后，就别来了，就是我工作和读书的时间了。

正式上课,情形却是令人失望的。子弟校的学生跟地方上很不同,他们有出路,也有退路:成绩稍好,就可上技校,实在不行,矿区即广阔天地。女子跟着母亲,去食堂、矸石山、服务中心;男子戴上矿灯,拿上镢头,下井去。金刚煤矿有三个井口,深入进去,莽莽群山的肚腹里,矿道盘旋环绕。那是个没有阳光的世界,矿工们在那里挥洒汗水,采掘凝固的阳光,挣取相对富足的生活。因为"不愁未来",学生读书很不上心,又因为大山围堵,空间逼仄,且见惯了父辈从井下出来时浑身炭黑的模样,还时不时会出现伤亡事故,他们心绪浮躁,性情暴烈,动不动就打架斗殴。这样的环境,理想教育几乎失效,非但如此,对他们重话也不能说,否则就会有好心的教师和学生提出忠告。

开学过后的差不多两个星期,天天下雨。雨再大,也想出去走走。矿区就一条独街,小贩在街道上撑着铁架子,将花花绿绿的衣物挂出来卖,人从街上穿过,需两手并用,把架子上的衣服裤子拨开,才能拨出一条路。实在没什么可走的,街道本身也短;更没什么可看的,来来去去,都是那些单调的景象。舞厅和电影院,都在

世上有朵美丽的花
1989 年

灯光球场南侧,每到黄昏,舞厅里倒总是传出劲爆之音,但我不会跳舞。电影也看不成,我们报到时,电影院就在修整,至今也没见开门。于是我朝山里走。教学楼背后,有条牛车道,直通金刚山,可惜那是条车辙深陷的土路,见雨即烂,一脚下去,泥浆就把脚埋了,甚至埋到小腿。

上班并没让我快乐起来,相对独立的空间,也没能帮助我多读几本书。

好在电影院终于开业了。我记得很清楚,那是9月20日,中午我从影院门前过,见贴出告示,说明天晚上要放两部电影,其中一部,是《小花》。见到《小花》这名字,《绒花》的旋律便由远而近,如旷野雨落,声声入耳,句句入心。我初中看这部电影,是在大冬天的操场上,冷成一块冰,但皮肉冷,心里热,热得烫,因为,它让我看见了自己的青春。青春的花蕾,凝聚着雨露,凝聚着光,已在枝条上闪烁,但如果看不见,它就不存在,现在我看见它了。今后,我将以专注和勤勉,与它共同成长,热烈开放。

可自从离开校园,我似乎把自己的青春摘了下来,放到一边,任其枯萎。

  想到此，我凛然一惊。

  第二天吃过晚饭，我们六个人就邀约着去看电影。当年，在食堂吃饭是用菜票，买电影票也用菜票，售票窗口是个方洞，可伸四五只手进去，观众很多，挤成一团，要想买到票，先要能挤到窗口，再要能把手挤进洞里。六个人的菜票都交给我，由我去挤。几只手把洞一填，里面就啥也看不见了。半分钟后，我的菜票被收了，可老半天也没见把电影票塞进我的掌心，便朝里面大声喊，售票员以淡然的口气说：你的菜票早被人接走了。意思是，有些人伸手进去，不是为了买电影票，而是装成售票员，接走别人的菜票。我脑子里轰的一声。一张电影票相当于一份肉钱，是我弄丢的，我得赔，我将损失六份肉了。那可是一笔巨款，我们当时的工资，只有七十二块五，我还要供兄弟读书，不是想吃肉就能买份肉吃。

  电影已经开始，我们才摸黑进去，找位置坐下。

  第一部就是《小花》。

  那段记忆深刻的镜头，在银幕上复现：何翠姑和一位大伯，用担架抬着红军战士赵永生，攀爬在嶙峋的石梯上，翠姑在前，双膝跪地，膝盖磨破，血迹斑斑……这时候，《绒花》旋律缓缓响起，优美、含蓄、坚定，革命理想、生命韵律和人文情怀，交相辉映，以此赞颂意志，歌唱心灵，启迪人生——那是为青春赋予价值的人生，也是不负青春的人生。起伏的山峦，挺拔的青松，淋漓的汗水，殷红的鲜血，默默地为歌词和旋律做注脚。

我深深地感觉到，自己的内心正注满阳光，变得清澈，并因此眼含热泪。此前想起或哼起这首歌，都会双目湿润。那是为别人感动也为自己感动的时刻。人要有为自己感动的时刻，这种自我嘉许，已经证明了自己的努力。但近段时间以来，我有些迷失了。好在内心走向清澈，便是走向了自觉：我需要立足现实，振作精神，再行上路。

后来从新闻上得知，金刚煤矿电影院重新开业这天，正是第一届中国电影节在北京开幕的日子。在中国电影史上，1989年9月21日，具有里程碑意义，在后面的一周时间里，不仅展示了新中国成立四十年的电影艺术成就，还对未来电影事业的发展产生了重大影响。

014 在春风里成长

电影节上选出了四十年来十大电影明星,其中之一是刘晓庆——何翠姑的扮演者。

银幕上那个光彩照人的游击队员,与我老家还有段缘分:刘晓庆在我老家的农场下过乡,那时她刚从四川音乐学院附中毕业。因容貌出众,性格活泼,又擅扬琴,她从农场调到了县宣传队,常参加慰问演出,成为舞台上耀眼的明星,并最终成为银幕上的大明星。

再次看了《小花》这部电影,听了《绒花》这首歌曲,金刚的山水,还有我班上的学生,都变了个样子。当然,首先是我自己变了,我好像是从沉睡中醒过来了,蓝天、蓝天之下高翔的岩鹰和葱郁的林木,都成为指引,有了非同寻常的寓意;学生们的那些坏习惯,在我眼里也不再与品德联系起来,而是成长路上的风晨雨夕。重要的是热情。没有热情,心灵就会提早变老,青春就会提早凋谢;没有热情,就会要么安于现状,要么抱怨现状,内心的善,以及理想和追求,都得不到应有的鼓励。而热情的来源,是关心——关心他者和时代。

往后的日子里,每遇周末,我都跟同事带着十多个甚至几十个学生，在绵延的大山里远足，渴了喝山泉，累了就在石头上休息，即使大雪纷飞，也无所畏惧。在远游途中，还曾发现一个孤老太婆，学生们为老人做家务，做农活。我在金刚待了一年，就调进了市里，但此后数年，一位名叫李丰胜的老师，农忙时节都会带着学生，步行二十余里，去帮助老人，风雨无阻，平时也会买了食品衣物，去看望她，直到老人去世。

金刚煤矿子弟校的校风和学风，悄然变化。以前，学生对老师既不亲切，更不尊敬。到我们去的那年冬天，就完全不是这样了。一个学生见我把书码在床上，睡觉都不能够平躺，就让他父亲砍来竹子，为我做了个书架。一个老教师因为几个学生调皮，生气，把烟斗扔到地上，烟斗碎了，这几个受到批评的学生，便偷偷凑钱，为他买了个新的……

青春美，但要觉悟才美，珍惜才美，奋斗才美。我让学生们听《绒花》，为他们讲果戈理的名言："青春之所以幸福，就因为它有前途。"而前途不是从天上掉下来的，意思是，青春这个词，天然地和努力这个词连在一起，因此说青春是幸福的，即是说努力是幸福的。

青春是有身体的，也有精神的，什么时候觉醒，就什么时候拥有了精神的青春。我调到市里，开始几年同样是教书。矿务局在市里办了个"第一中学"，简称局一中，有初中部和高中部，我教高中，我在金刚的学生，后来在局一中又成了我的学生。高中毕业，这些学生中有不少考上了北大、复旦、川大、重大等名校。后来，有的成了著名法医专家，有的成了大律师，有的成了大学教授，当然更多的，成了普普通通的劳动者，而劳动不仅是光荣的，也是美丽的。

这是青春的歌，是世上最美丽的花朵。

世上有朵美丽的花
1989 年 **017**

《小花》改编自小说《桐柏英雄》，由北京电影制片厂制作。

图说中国故事
小照片里的大变化

XI ASIAN GAMES. BEIJING 1990

1990年9月22日至10月7日,第十一届亚洲运动会在北京举行,这是中国第一次举办综合性国际体育大赛。中国选手喜获"大丰收",金牌和奖牌总数均居第一。

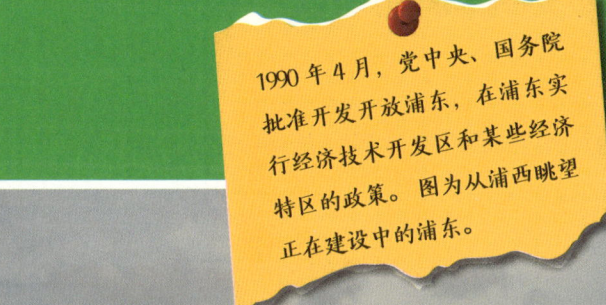

1990年4月,党中央、国务院批准开发开放浦东,在浦东实行经济技术开发区和某些经济特区的政策。图为从浦西眺望正在建设中的浦东。

我的新兵连我的作家梦

丁晓平

1990年，世界的政治地图自第二次世界大战以来又发生了变化——东欧剧变，苏联解体，有的国家分裂了，新的国家诞生了。政治评论家和历史学家们把这些没有经过战争的"和平演变"称为"颜色革命"，直至今天它依然影响着这个世界，影响着我们的生活。比如，正在进行的俄乌冲突，也能从1990年找到其历史的注释。当然，那个时候，十九岁的我是一名高三文科班的毕业生，对世界上发生的这一切变化一无所知，那时的我还只是一个无忧无虑不知天高地厚的中学生，正坐井观天暗自做着自己的"作家白日梦"。

1990年，和千千万万的考生一样，我和同学们像奔赴战场的士兵一样，在父母、亲人和老师们的期待中彼此拥挤着向高考的独木桥急行。那时，我的母校刚刚由两年制改为三年制，我有幸成为三年制的第一届毕业生。要知道，我的故乡安庆学风历来浓厚，依靠读书跳出龙门是祖祖辈辈的传统，父母砸锅卖铁也要让孩子上学，期待一代更比一代强。据说，那个年代，安庆地区高考考生的录取率在安徽省占比非常高，其中理科占35%，文科占25%左右，也就是说，安徽省每100个大学生中有三分之一是我们安庆人。由此可见，我们要想通过高考这个独木桥有多难！用现在流行的话来说，真的是很"卷"。其实，我知道，因为代数学科的"跛腿"，我注定是名落孙山的那一个。参加高考如鲤鱼跳龙门。小小少年，没有烦恼，懵懵懂懂的我似乎还有某种"少年心事当拿云"的狂妄，觉得"跳过龙门的未必是龙，没有跳过的也未必是鱼"，依然怀揣着我的"作家白日梦"，立志投笔从戎，当兵去！

高中毕业前夕，我已经做好了参军入伍的准备，在这年春季招兵时就悄悄地到乡里的武装部报了名，甚至还求同学从他当兵的哥哥那里要来一件绿色军装上衣，一天到晚得意洋洋地穿在身上，好像自己真的就是一名解放军战士了。谁知来了新的政策，城镇户口的在校高中生不能入伍。虽然我从小就在农村长大，插田、割稻、放牛甚至犁田这样的大小活计我都干过，但被错划右派的父亲在1979年平反复职落实政策后，在1980年代中期我也幸运地实现了"农转非"，拥有了让农村娃娃们都特别羡慕的城镇户口的"红折子"（粮食证）。更重要的是，到了1990年前后，安徽省出台了新的政策，城镇户口高中毕业生从军入伍，在服役期满退伍后可享受工作安置。也就是说，当兵三年之后，我回到家乡就能得到一份稳定的工作。这当然也是一件天上掉馅饼的好事儿。

毕业了，我一直等待着招兵的消息。进入10月，报名、体检、政审，从乡里到区里，再到县里，过了一关又一关，过了一环又一环，终于进入了大名单。这个时候，接兵部队也来到了镇上。因为是高中毕业生，又有文学写作的特长，我一下子成了接兵的香饽饽。那时，我确实有"杀手锏"，吸引着寻找和喜欢人才的接兵干部——我不仅是《中学生导报》的优秀小记者，还在《安庆日报》《怀宁文艺》发表过诗歌、新闻作品，硬笔书法还曾荣获怀宁县书法比赛二等奖，更重要的是我的作文《山行漫笔》还荣获了第十届华东六省一市中学生作文比赛一等奖。这个奖项不仅填补了我们学校的空白，还创造了我们县中学生这项赛事的纪录。就这样，在来招兵的部队中，我选择了青岛的海军。原因也很简单，一是听说青岛是一个美丽的城市，二是因为我的三哥正在那里攻读硕士研究生。到部队后不久，我收到了高三班主任的来信，要我把我的获奖证书、记者证和发表的文章复印一份寄给母校。后来，我才得知，那时母校正在接受上级教育系统的评估，或将改为农村职业中学。如今，经过一代又一代老师们的辛勤教育和学弟、学妹们的勤奋拼搏，坐落在公岭镇上的母校新安中学已经成为安徽省示范中学。而我1990年在校获得的荣誉也为当年母校在新一轮改革中做出了一份小小的贡献。在我毕业离开母校20多年后重返母校时，看到校史馆的展览墙上赫然张贴着我的照片和简历，那一刻心中也莫名地涌起一丝肤浅的骄傲。

穿上军装也意味着离开家乡。永远也忘不了那一天是1990年12月13日。那天早上，下着蒙蒙细雨，乡亲们敲锣打鼓把我送到镇上。当天，全县所有当海军的新兵都在武装部集中，第二天早晨，大巴车把我们送到了安庆的长江码头。在这里，安庆市及所属八个县的海军新兵四五百人集合在一起，在热烈的鞭炮声中登上了一艘小客轮。就这样，我们离开了家乡。那场景，现在想起来还是挺壮观的。我们逆流而上，到达武汉。在这里，兵分两路，南海舰队的新兵乘南下的列车去了湛江，而我们北海舰队的新兵则乘火车北上，在洛阳火车站又坐闷罐运兵车到了济源。我清楚地记得，抵达新兵连是在一个漆黑的夜晚，一下车，我们就随着接兵干部的命令排队集合，又随着口令分配到了各自的连队。我被分配到一营三连十二班，住的是楼房，在第三层。等第二天早晨起床后才发现，我们的营房坐落在太行山下，据说不到百里之外就是著名寓言故事《愚公移山》的王屋山。那一刻，我们有点发蒙了，不是当海军吗？不是去青岛吗？怎么来到了这大山沟里，心里不免掠过一丝丝失落。很快，我们就知道了真相，我们的部队还是在北海舰队，驻地主要方向还是在山东青岛、烟台等地，这里只是新训基地，我们将在这里接受新兵入伍训练一百天，完成由民到兵的转变。

　　在济源新兵训练基地，我们除了政治学习之外，还接受了纪律条令、内务条令的学习。军事训练除了齐步、正步、跑步三大步伐之外，还进行了五六式步枪射击和阅兵式的训练。新兵来自全国各地，北至黑龙江，南至海南岛，真是五湖四海、南腔北调，来到了一起，成为军营男子汉。南方的战友实在适应不了北方的寒冷，甚至有人想开小差，偷偷地跑到了火车站。来自江苏苏州地区的战友家庭富裕，不仅享受很高的经济补贴，对退伍后的就业安排也是喜上眉梢。而我呢,凭着自己的写作特长和一笔好字,又成了连队的"笔杆子"。黑板报、鉴定材料、工作总结、新年联欢会等,几乎都由我承包了。新兵训练一营新训誓师大会、训练团新兵授列兵衔仪式,都是由我代表新兵讲话。渐渐地,我们才知道,我们的部队是海军航空兵,济源新兵训练基地是隶属北海舰队航空兵大后方的一个机场场站,而我们全部新兵都是地勤人员,既不能像舰艇和潜艇部队那样遨游大海,更不能像空军飞行员可以翱翔蓝天。后来,我跟战友们开玩笑说:"我们是海军没有下过海,我们是空军没有上过天。"后来,我写了一首小诗《签到》:对着蓝天对着大海/对着土地对着母亲/对着训练场画出的特大表格/我,用换掉皮鞋的解放鞋/签到。

一百天的新兵训练生活是简单而艰苦的,又是难忘而快乐的。说简单,那就是每天的生活都是三点一线——操场、宿舍和食堂。说艰苦,一方面是军事训练的机械、单调和统一,比如像走路这样的平常小事,到了军营就不一般了,虽然比不上电视上看到的国庆大阅兵和国旗护卫队那样整齐、威武和雄壮,但基本要求是一样的,而且平时走路也必须是二人为伍、三人成行,这些军规戒律的执行都是需要毅力、恒心和不服输的精神的；另一方面就是生活条件的艰苦，其实对我来说，新兵连的饭菜吃得比我在上中学的时候要好得多，那时每餐都是吃从家里带来的咸菜，而现在每天都能吃上肉和蔬菜。而对从小吃米饭的南方人来说，唯一不习惯的是早餐只能吃大馒头，实在难以下咽。不过，对河南本地来的新兵就最合适不过了，记得一个来自中牟县的战友一顿吃了十二个大馒头，让我目瞪口呆。如果真的要说新兵连的艰苦，我觉得就是我们吃饭时没有饭桌，每个班十二个人分成两列，面对面蹲在一个横放在地上的方形水泥杆两侧，不准说话，不准吃剩，不论晴天雪天，不论风吹雨打，谁吃饱了谁先走，一百天都是如此。因为军事体能训练的繁重，所以新兵吃饭的阵势，那真是狼吞虎咽，如风卷残云。因此，在新兵连没有人不增加体重长胖了的，就是爱美的女兵也莫不如此。

  说起新兵连难忘和快乐的事情，那当然是新兵连的唱歌了。集合点名要唱歌，开会学习要唱歌，饭前一支歌，看电影时更是热闹了，拉歌比赛让整个操场瞬间成了歌声的海洋，一浪高过一浪，后浪淹没了前浪，响彻了整个山谷，蔚为壮观。在新兵连，每一个新兵除了必须学会唱《中国人民解放军军歌》和海军军歌《人民海军向前进》之外，还学会了《我是一个兵》《当兵的历史》《军营男子汉》《当兵的人》《说句心里话》《打靶归来》《战士第二个故乡》，等等。这些一辈子都忘不了的钢铁旋律，就像一壶陈年的老酒，历久弥香。打靶更是令人难忘了。新兵连有规定，第一次实弹射击考核，每人五发子弹，如果五发都打中十环，就授予个人三等功一次。到了射击场，我和其他九位战友一起被挑选为报靶员，埋伏在五十米外靶标下的壕沟里。按照教官的指示，枪手每射击一发后按照击中的环数来摇动手中的竹竿发出信号——击中六环至九环者依次向右下、左下、右上、左上摇动，十环者向靶心上方摇动。我坐在壕沟里，双眼紧盯环靶，只听子弹嗖嗖从头顶呼啸而过，击中身前身后的土地，沙土四溅，似乎找到了沙场点兵在战场打仗的感觉。谁知，轮到我们报靶者参加射击考核时，我竟然成了全连最后一个射击者，也就是说全连一百多号人都要看着我一个人射击，这场面确实令人有些小紧张。只听教官一声令下，卧倒，打开弹夹，子弹上膛，打开保险，睁一只眼闭一只眼瞄准，三点一线，扣响扳机，子弹射出……第一发十环,第二发十环,第三发十环……站在我身后的教官是一位军士长,据说是国旗护卫队分配下来的,他兴奋地踢了我一脚,鼓励我说:"丁晓平,你给我好好打!五十环就可以立三等功!"我轻轻地调整了一下身体,深深地调整了一下呼吸,趴在地上,静静地瞄准,屏住呼吸,扣响扳机,只听"砰"的一声枪响,子弹飞了出去。那一瞬间,我感觉全场所有人的目光都在跟着子弹一起飞。然而,这一次,报靶员的竹竿并没有像前三次那样指向靶心的十环,而是左下的七环。这时,教官深深地叹了一口气,狠狠地踢了我一脚,那样子比我自己还感到遗憾和可惜。随着最后一声枪响,我以四十五环的成绩完成了步枪射击考核。后来,我把新兵连的生活写进了中篇小说《新兵万岁》中。

1990年,在北京,新中国第一次成功举办了综合性的国际体育盛会——第十一届亚洲运动会;在西昌卫星发射中心,第一次成功发射外国(美国休斯公司制造)商用通信卫星"亚洲一号";在上海,中央政府正式做出了开发开放浦东的决定,并成立了社会主义国家的第一个证券交易所;在东北,第一条高速公路(沈大高速)全线正式通车。但是，在那个年代，家庭还没有普及电话，更没有手机，与亲人朋友联络还是依靠书信。家书抵万金。对于义务兵信件，国家邮政是免费的，只需要在信封上加盖一个红色"义务兵免费邮件"的三角形邮戳即可。在新兵连三个月的时间里，我估计给家人、老师、朋友和同学们写了一百封信。当然，在新兵连，我依然没有忘记我的"作家梦"，继续坚持业余文学创作，写诗歌，写散文，也写小说。后来我在诗歌《军用邮戳》中写道：不成方圆／最有规矩／军用邮戳／运用最简单的几何原理／把战士最复杂的情感／在一个小小的等边三角形上／稳定／漂泊的心，从此／有了港湾。

新兵连训练生活很快就结束了，我完成了由民到兵的转变，成为一名真正的海军战士。我在诗歌《列兵》中这么写道：一道金黄色的杠／把你列入军人的行列／此后的日子里／有许多人用眼睛和心灵／渴望／它成为你的人生之路／盼你肩戴金星／扛起共和国灿烂的／星斗。

后来，我如愿来到美丽的海滨城市青岛，在那里写了许多海军题材的诗歌，比如《水兵服》《水兵帽》《金锚飘带》《海魂衫》《桅杆》

《南沙之恋》《写在浪上》《老水兵》，等等，这些诗歌在《解放军文艺》《人民海军》《水兵文艺》发表后，我成了部队小有名气的水兵诗人。诗歌《中国水兵》在《人民日报》发表，还荣获了《诗林》举办的全国诗歌比赛二等奖。我在诗里是这么写的：就是一个和水打交道的人/像海水那样蓝/像礁那样扎实/血液流淌成国旗的颜色/这样的人自然是中国水兵/他把故事挂在经纬线上/天就是他的宽脊梁/海就是他的大胸怀/走在海上如华表般巍峨/那动作那派头极潇洒/如中国堂堂正正的方块字/写在海上就是一座丰碑/他种的庄稼就是台风和海浪/他用中国那把铿亮的镰刀和锤头/收获/播种一海的风平浪静/他偏爱蓝色和红色/像海水那样蓝/像国旗那样红。

不忘初心，逐梦前行。凭着自己的努力，两年后我考上了南京政治学院新闻系，成为一名军校大学生，成为一名共和国的军官。十年后的2000年，我幸运地调入解放军文艺出版社，在这个被誉为"军事文学的圣殿，军旅作家的摇篮"里，我坚持左手编辑，右手创作，探索出一条属于自己的"文学、历史、学术跨界跨文体写作"道路，既获得了出版界最高奖——中国出版政府奖优秀出版人物奖，又获得了权威文学奖——鲁迅文学奖。

蓦然回首1990，三十三年过去，军营增长了我知识的厚度，军装增加了我做人的高度。没有军队这所大学的培育，就没有我的今天。

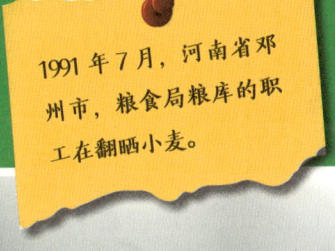

1991年7月，河南省邓州市，粮食局粮库的职工在翻晒小麦。

1991 年的春天

于潇湉

　　1991年的春天,时常从我生活的褶皱里钻出来,犹如花香从花蕊深处喷射,把它的魔力投射到许多许多年后。

　　我的书橱里有一个搪瓷杯,你知道,那种老家伙,杯沿的瓷都掉了,看一眼就知道它承载着某种回忆,可只对极个别的人生效,其他人对它视若无睹,只是由得它占据着书橱最显眼的位置,拿书放书都小心翼翼绕过去,仿佛那是一尊名贵的文物。

　　直到有一天,我爸把它拿出来擦拭,我家的猫一头把它拱到地上,从此他逢人就骂我的猫,而我的猫见了他就剑拔弩张。

　　我说,不就是个杯子吗?

　　"不就是个杯子?"我爸怒了,说,"你看看上边的字。"

　　"东方红首次远洋调查纪念。"

　　白色的杯体上还用蓝色墨水绘制了一艘船,船身上,桅杆、船舱都只有一个大体的轮廓。

　　"有这个杯子的时候,还没你呢,你知道不?"

　　我看了一眼落款,没吱声。对于比自己年纪大的老家伙,若你不知道其维系着怎样的故事,还是闭嘴好。

爸爸像抛售某种糖果那样,讲起了那艘船的故事:

那艘船1965年开始服役,1996年退役,整整服役了三十年。1991年,我带着一批大学生,首次登船,进行远洋调查。

有个日本留学回来的博士,叫曲成海,格外引人注目。他潜水极为漂亮,穿上黑色潜水衣,戴好脚蹼和氧气面罩,然后在腰间绑铅块——当时下潜设备不够先进,要想潜得深一些,就得在自己身上加重量——这时只听"扑通"一声,成海轰然入海。

人们只见他脊背一拱,氧气瓶一翻,人就已经浮在果冻似的海面之下了。他的脚蹼再翻动几个回合,海就变成了固体,把他封起来、藏起来,没人见得着了。

他这样拼命,甚至连他的新婚妻子也不明白,说搞这种项目都是雇人潜水,你这堂堂的洋博士何必亲自潜水呢?

成海说,那当然不一样了,自己潜水采样,取得的都是第一手资料,数据可靠。搞科研就应该这样,事事都得自己来。

那是四月的一天,东方红号行驶到太平洋,风是突然变化的。风是浪的煽动者,原本的浪是一小峰、一小峰,如同抽纸盒里抽出一半的纸，然而风的加入，让浪不甘于此。浪开始沸腾、摇晃，它再也不是刚抽出一半的纸巾了，而是墙，一整面浑浊的、光滑的墙，一排一排砸过来。然后白色的泡沫腾地在船底炸开，袭击了甲板和船上作业的人。墙碎成千万片水花子弹，密集地向我们弹射。

船就像个失控的过山车，忽上忽下，摇晃得快散架。

那天的风高达八级，海水全部变成墨色的，人像一面面破旗，甲板上根本没法站人，一不小心就会被吹跑。但是大家还得回收沉在海里的设备，虽然有雨披，可天跟漏了一样，雨披跟纸差不多。

闪电劈头盖脸。它一亮，身边便多出一个人，每个人的眼睛都绝望地大睁着，闪电一暗，又把尖叫的欲望独吞下去。

就在这时，有人喊，纪老师晕倒了，他心脏病犯了。

船医说，必须赶紧靠岸就医，否则纪老师可能熬不下去了。

船拼命掉转，方向是上海。

这种时候，应该是下锚，而不是迎头顶上。有人撕心裂肺地喊："停船、停船、停船……"

更多的人已经吓得说不出话来。

其实在这样的天气里，做任何决定都是要赌上性命的。浪与风合伙，与人一起抢夺着船。

闪电啪啪地打着天空。所有人都等待着，等待救赎，或者那致命的一击，头发拔出一样竖立着。

船似在断崖上，一上，要后翻，一下，即倒塌。哗地跌落下去，侧倾了。

天漏了，闪电划破的。

借助那电光石火的一瞬，我看到了表上的倾斜度：43度。

这艘船最大倾斜角度是45度，我很清楚。

船、要、翻、了……

我们活下来完全是侥幸，其实我到现在也不清楚发生了什么，只记得破口大骂的船长和窝在角落里呜呜哭的大副。

暴风雨突然就把我们吐了出来，天空明净澄澈，海面一览无余，波光粼粼，海鸥翻飞自由，周围平静得仿佛一匹绸缎。

如果不是甲板上和我们的狼藉，刚才的一切仿佛做梦。

船去上海太远，只能在吴淞口靠岸，将纪老师火速送往医院，但他还是没能熬过去。一船的人都失了活力，第一次真正见识到海的面目，就仿佛一个每天相伴的温柔老人，突然变成了拔刀相向的敌人，都吓蒙了。

回到青岛的码头时，我想洗把脸上岸，发现发根全白了。

我跟着去卸船上的实验器材，并没回家。突然有人喊我，让我赶紧回家去，说："你老婆有喜了，快回家看看去吧。"

那个孩子，就是你。

也就在那一年，我开始染白头发了。谁又能说，这两样不都是大海的馈赠呢？

十年后，那个成海已经成了业界大拿。一次他要跟随一艘渔船，到威海刘公岛科考。但是一小股强冷空气突然席卷，为了避开寒潮，调查小组转移到了镆铘岛。岛不大，形状有点儿怪，像古代一柄宝剑：镆铘。也正因为这个才得了这么个名儿。

调查小组打算在这一带礁石区设计 40 个潜水调查点，调查海洋生物、生态领域各个方面的数据，如果以后要在这里建成人工鱼礁，进行珍稀鱼种繁殖，探明鱼种运行规律，都是必须人工下潜的。

船上可以下潜的老师分别是曲成海、叶勋。

叶勋的潜水也是曲成海教的。新学期要开一门"浮游生物与底栖生物学"的新课,这门课教材、设备、标本、挂图,简直样样都缺。叶勋得自己翻译国外专著,编出本30多万字的讲义。曲成海说,我教你下潜吧,这样还能再绘制一套浮游生物与底栖生物的图谱。

一个夏天过去,叶勋完全变了张脸,海风冷硬,吹得他起皮皲裂。学生们觉得夏天来了个偷梁换柱,把以前那个老师偷走又换了一个。到了出海时,叶勋那张脸才又恢复了,而且这一次再怎样晒也不再变色了,学生说,这是大功练成,金刚不坏了。

每次换班叶勋要下去时,曲成海都会叮嘱,你少背点儿铅,不用潜那么深。下去和上来时都慢点儿,我替你掐着表。

那天,曲成海一口气下潜了5个点,采集完生物样品后,叶勋开始穿潜水衣。他伸胳膊时痛得嘶了一声,前一天扭到了肩背,一动就疼。他的头也很沉,可能是感冒了。

曲成海在水下喊:"老叶,你就别下来了。"

"不行，还有 3 个点，你自己干受不了。"

叶勋背上 12 公斤重的气瓶，跳下海。

那天的天气非常好，曲成海掐着表，盘算着这次下潜消耗了多少能量，晚上得多吃点儿什么的，一回神发现已经过去六七分钟了，以往叶勋下潜，也就是三五分钟就会上来，这次怎么了？

"曲老师，你下去看看叶老师怎么了？"学生们着急起来。

曲成海一个猛子扎到水深约 4 米的海底，不一会儿露出水面，笑笑说："老叶没事。"

话音刚落，叶勋浮上水面，将装着样品的网袋递到船上。船上的人取出样品后，又把网袋递回去，他再接着下潜。

曲成海在船上待不住，又要下去，下去之前，他把叮嘱叶勋的话录了下来："少背点儿铅，不用潜那么深。下去和上来时都慢点儿，我替你掐着表。"

他再爬上舷梯时，把样品一气送上船，摘下面罩，吐出含在口中的呼吸器，就坐下起不来了。人的力气是有限的，海却是无限的，他水性再好也拿不知疲倦的浪没办法。

有学生喊:"那个是不是叶老师?他怎么没戴面罩?"

人们看叶勋在十余米远处露出水面,边仰泳,边招手。看口型在大声呼喊,的确没戴面罩。那么远,风浪那么大,一船的人都没听清他喊的什么。

"我去看看。"曲成海把面罩匆忙扣上,纵身跳入大海。但是却呛了一口海水,他蒙了几秒才意识到呼吸器不在口中。

呼吸器给甩到了背后,他踩着浪跃出水面,推起面罩,用力甩动左肩,一次,没甩过来,再一次,被浪打了个趔趄。第三次,他一下子被海浪冲出了五六米远。

"曲老师,抓住这个!"

有个老师扔出取样筐,曲成海却没抓住。

太累了,今天实在太累了。腰上捆着11公斤重的铅块,虽然他总是叮嘱叶勋少绑点重量,但是却从来没"轻饶"过自己。

为了潜得时间长点儿,那铅块系的是死结……

脑海中的后悔也只是一瞬间的事,海浪一下就把他吞没了。

船上的人看到叶勋像暴风中的蚂蚁,在急速下沉。船连忙起锚,可是发动机却坏了，足足发动了三次，船才凑近了。

船上的人递出船篙，叶勋拼命地伸出手……短了一截。等众人再找到更长的船篙时，人就没了。

一船的人脸上还带着焦急、努力、呼喊、错愕、震惊的表情，像在演哑剧。没有人想到是这样的，海会吃人，当成餐后甜点一样若无其事地吞掉。我们研究海洋，就像是猛兽的饲养员，不能因为猛兽偶尔温柔就忘了它是猛兽。

东方红号一直在那海域附近搜寻，我们甚至派出了直升机搜寻，然而到最后什么也没有找到。

两个人的家人始终不信，曲成海的家人尤其如此，说我们家成海水性很好，不可能淹死。他也许是游到了哪一座海岛上，累了在那儿边休息边等救援呢？直到他们坐上直升机，第一次从高空俯瞰如此浩渺无边的大海时，才知道那希望有多渺茫，不禁痛哭到失声。

只有录着曲成海声音的那个小机器在循环地响着："少背点儿铅，不用潜那么深。下去和上来时都慢点儿，我替你掐着表。"

这就是我对1991年，最深刻的记忆。

可后来，再也没有人亲自下潜采集生物样本。听说后来的方法，是用拖网，降低船速，用开开停停的方式，往上拉网，经常连泥带生物拖满满一网。爸爸说这些的时候，总是一脸遗憾的样子。

他凝望着手中的搪瓷杯子，更加爱惜，再次珍重地放在壁橱里。有几次经过壁橱，我隔着玻璃望着那杯子，那深蓝色的桅杆上方，那极远、极深的天空深处，似乎亮起了一颗颗星。

图说中国故事
小照片里的大变化

1992年,浙江温州柳市一家电器市场内的景象。

1992年,北京一家西式快餐店里,工作人员正在为顾客点餐。

1992年,云南昆明东风东路的自行车群,背景横幅为"庆贺昆明900MHz(大哥大)移动电话即将开通"。

时代新"三味"

盛永明

1992，我家庄稼地的麦子度过了最后一个夏天，从此庄稼地成了工业区。那一年，昆山开发区正式升格为国家级经济技术开发区。昆山开发区从1984年自费开发，历经八年艰苦奋斗，终于从"编外"转入"正册"，之后闯出了一条全国闻名的"昆山之路"，也为中国县域经济发展画下了传奇一笔。

那一年，我被借调到张浦文化站工作，也是从那年起，我走上了文学创作的道路。七月，我自费去了鲁迅文学院学习，若干年后，同行戏称"这可是最早的鲁院作家班"。原本相对贫苦的生活渐渐走上富裕，曾经被"遗忘"的生活"享受"也慢慢开始走进平常百姓家。大概因为从事文化工作，我对文化生活上的一些变化记忆深刻。

品 茶

品茶品到极致的可算是周作人先生，于素瓷清茶中领略到"得半日之闲，可抵十年的尘梦"。其心境已越品茶之上，有飘飘然之感。

可芸芸众生都在为生存而忙碌奔波，哪来的闲工夫喝茶、聊天、谈山海经？我记得那时家里人哪怕农闲时节也是早上泡好一壶茶，渴了回到家牛饮一番，很少有人捂着茶壶慢慢吃茶。有一段时期好像镇上的茶馆都关门歇业了，生活与吃茶显得没关系了。

　　1992年，我到文化站上班，发现文化站的茶室生意一下子红火起来了，每天早上，大家带着新鲜的消息坐在茶室，大谈如何发展经济，养猪、种蘑菇、搞鱼塘……脸上洋溢着对未来美好的憧憬。茶室成为大家讨论如何勤劳致富的大学堂，我的很多创作素材也都来自那里。

　　那时到昆山投资的台湾客商逐渐多了起来，我有缘结识了几位台商，他们首选在昆山投资兴业，不仅觉得这里地理环境优越——离上海很近，而且感到这边的人也很好——包容开放。一次与一位台商朋友不知为啥说到了喝茶，他一下子来了精神，说他三十多年来的喝茶习惯始终没改，几乎很多事情都是在喝茶中办成的，令我很是惊讶。随后他说到台湾的功夫茶，而我却不知啥是功夫茶，在我有限的见识中只知道绿茶、红茶。他说功夫茶有十八道茶艺，先要焚香静气，活煮甘泉，而后细碳初沸连壶碗泼浇，再有凤凰点头、三龙护鼎、二探兰芷等，最后用小盅斟而细呷之，水清味美，气味芳烈，可谓荡气回肠，含英咀华，以此成就一番君子之交，达到茗茶探趣的目的……他还讲到好的铁观音，第一道十六秒即成，而到了第四道，时间要延长一倍，这样才能充分品出铁观音的滋味。不过需要专心，否则茶就会涩了。如此精通于茶道的人，实在难得。没想到喝茶如此讲究，我一下子提起了兴趣，很想一睹茶艺的"真容"。

  后来有一次因为镇上办了一个招商活动，需要写几个招商故事助兴，我有幸去拜访了这位台商朋友。那天天气很好，到了他的公司说明了来意，助理很快把我带到他的办公室。他正好在跟客人谈生意，见了我之后，那位客人好像心领神会，聊上几句就起身告辞，于是他立刻请我入座。眼前的办公室足有一个教室那么大，除了一张办公桌和几个书橱之外，其他的就是一个树根老桩的茶台，和三边排放着的七八只树桩的凳子，水漆刷得锃亮，足足占了半间办公室，与我们本地喝茶的八仙桌完全两回事。我惊奇地问他："这个就是你说的喝茶的地方？"他说是呀，并当场给我演示了他的茶艺。这回让我大开眼界，功夫茶，功夫茶，不下一番功夫还真喝不了这个茶。聊天之中，他说他常用喝茶来接待客人，以茶会友，并结识了很多喜爱喝茶的朋友，既扩大了朋友圈，又打开了生意场，可谓一举两得，而且减去饭桌上应酬的麻烦。他说一个人的时候就喝茶，尤其到了晚上，他觉得喝茶可以平息一天的烦躁，洗涤一身的尘埃，若再听上一段音乐，不仅有益身体，还可养神颐心。

当时有这样一句话：南方人爱喝茶，越喝头脑越清醒，每天打算着如何赚钱发展事业。之后我也慢慢喜欢上喝茶，昆山的茶馆、茶室、茶语也渐渐多了起来，喝茶成了当时的风气。

吃 蟹

昆山盛产大闸蟹是出了名的，每到秋季，沪宁高速公路都要放慢速度，甚至在昆山几个出口处为此还出现堵车的现象，风靡程度可想而知。但在我小时候，大闸蟹不稀奇，我姨夫下河半天能摸上一脚盆，我父亲排灌站上进泵的蟹能把滤网给封堵住，说"蟹天蟹地"一点也不过分。市场上基本没人卖蟹，我们大多用来烧"面拖蟹"吃，有的人家干脆扔掉。

改革开放之后情况就发生了变化，还流传起一句口头禅：买蟹人不吃，吃蟹人不买。到了1992年，昂贵的蟹价只能使平头百姓望"蟹"兴叹了。当时招待客商，如恰逢阳澄湖捕捞大闸蟹的季节，我们不仅在餐桌上用大闸蟹招待，临别前，还会准备十八只阳澄湖大闸蟹为客商饯行。一次，有位客商"失礼"地说："我能不能看一看呀？"得到肯定后，他打开布包，看见里面的大闸蟹只只"横行霸道"，激动地说："太好了，我太太已经几十年没吃到这个大闸蟹了。"后来客商的企业就落户昆山了。有人说，这个企业在昆山落户，是十八只大闸蟹换来的。这当然不完全是，但从中可以知道昆山人的热情好客和细心周到。为此有人还专门写了一篇《十八只大闸蟹的故事》，如今读来都是满满的回忆。

说起吃蟹，颇为热闹的是《红楼梦》第三十八回，曹雪芹笔下的贾宝玉和众姐妹在大观园里"持螯赏桂"的场面。很有雅趣的应该是梁实秋写的《蟹》："蟹是美味，人人喜爱，无间南北，不分雅俗。"那年，我也有一次吃蟹的经历，接待的是一位北方来的朋友。先前领导有关照：我们是主人，虽然也是很久没吃上蟹了，但得保持不露"蟹"色。当服务员把蟹端上来时，领导马上站起身来，举起公筷，想给客人主人分个"雌雄"。我们吃蟹有"九雌十雄"的说法，意思是九月份吃母蟹，十月份吃雄蟹。这下把领导为难了，时节正是九月，理应给客人母蟹，可雄蟹个头大，母蟹个头小，要是让客人感到主人吃大蟹，客人吃小蟹，显得不合适。领导把目光转向了我，说吃蟹之前先请我们张浦的文人介绍一下蟹文化，于是我向客人介绍蟹的吃法。我们吃的这个蟹叫清蒸大闸蟹，入蒸时，要放些中药紫苏或生姜，少许黄酒及微量食盐同煮，以解腥避寒；食用时须用陈醋煮熟酱油、蒜叶及姜丝，与白糖拌匀为作料，蘸上作料品尝；若再配上一套工具：剪刀、刺、夹、榔头等，将蟹精敲细剥，其乐无穷。上海人吃蟹就更讲究了，有的还备上一盘戥子，看谁吃得最干净了……我说得正来劲，领导却示意我说点"正经"的。于是我马上话锋一转，现在正是九月，我们吃蟹也是根据节气来的，那就是遵循"九雌十雄"的经验，意思是九月吃母蟹。我刚说罢，领导立即给客人递上了母蟹。客人们连声道谢，忙着开始剥蟹品尝，自然不再去关注蟹的大小了。

那年头，昆山的经济发展迅猛，全国各地来的客人多，有时都接待不过来，到了秋季，大闸蟹更是少不了的。于是那句"第一个吃螃蟹的人"慢慢开始传播开来，"敢为人先"也成了对昆山的一种鼓励，这也算吃蟹吃出来的最大的"彩头"。

养 花

那年姐姐出嫁了，家里少了一个人有点不习惯，院子也显得空荡荡的。我把院子翻新了一下，还自己动手砌了一堵矮墙，原来的乱石碎砖被我清理一空，心想这回可以重新栽上花了。我小时候上学路过唐家角时，见到一户人家前庭后院都栽上了花，每到春天，满庭院的花五彩缤纷，香气扑鼻，真让人羡慕，每每路过，我的心里总会期盼着自己家啥时也能栽上花呢……但那时家里生活条件艰苦，院子也小，一家人挤在一起已经没有花的容身之地了。再说那时好像也找不到花苗，不知道人家的花苗是从哪里弄来的。到文化站上班后，我认识了一位苏州光福的花农，一来二去熟悉了，他说他那边有的是花苗，如果要下次回去给我带上几棵。听了后我心里很高兴，或许就是这个原因，让我有了翻新院子的动力和信心。

院子翻新后的第四天，我与母亲发生了争执，缘由是偌大的院子是种菜，还是养花？或许我太焦急了，要是和母亲商量一下，刚种下的菊花、月季、芭蕉不至于被冷落在墙脚，母亲也不会大动肝火，"……白菜已涨到两块钱一斤了。花？！养花弄草不是我们这种人家做的事，你是投错胎了……"

母亲大概一时气愤，说着说着流泪了。看到母亲的泪眼，我连提养花的勇气都没有了。院子里渐渐长满母亲种下的茄子、青椒、豇豆……我只是可怜巴巴地在四边添了几盆花，它们小心翼翼在那里开放，好像是一种罪过似的。下半年，父亲下岗又重新走上工作岗位——去了一家台资企业上班，家里的生活渐渐走出阴影。那时母亲在家，父亲失业，我在文化站上班工资也很低，所以生活还是处在拮据状态。父亲找到工作令家里的生活一下子有了起色。一天我回家，母亲正在搬花——见了我，急忙说："我没动它哦，我懒得去管它呢！你看都快要干死了……"

不知是花接受了母亲，还是母亲接受了花，我趁热打铁，又从外面搬了许多花回来，有的我移栽一下，直接栽在菜园的四边，母亲见了也不再极力反对。到了秋季，我栽的菊花次第开放了，院子一下子亮丽起来。相比那些蔬菜，到了换季时节，常常是残根败叶"躺"在中间，显得很煞风景，需要母亲重新翻土、栽苗、移栽等一个过程，而且病虫害又多。而花不一样，各种品种的花一年四季轮流绽放，使整个院子充满生机。

那天，先是父亲点着菊花丛中的"春水绿波"说："那朵花最好看，颜色淡雅大方。"

母亲也不甘示弱，指着一朵"金凤展翅"说："这朵才美呢，精神饱满……"

一天，姐姐带着外甥女回来，娘俩绕着花儿转个没完，外甥女嘴里嘀咕着:"舅舅有文化,不种菜就种花。"说得院子里的一家人都捂着嘴笑。

其实像父母那辈的人从未与花结过缘,他们只有抚小养老的艰辛劳作和生活忙碌。但内心肯定也向往每天都有花相伴,不仅能闻花香,还可品花色。母亲之前跟我说过,只有有钱人家才养花种草,像我们这样的苦人家是不配种花的。想不到现在自家的院子也种上花了,每天都能赏花闻香,这或许是母亲做梦都没想到的事情。第二年,我家院子已成了花的海洋:木槿、海棠、紫薇、山茶、杜鹃、月季、栀子……花潮迭起,四季飘香,我们家渐渐融入花丛中了。

1992年,留下太多的美好记忆,还有公路通到了家门口,黑白电视换成了彩电,有的人家买起了摩托车,等等。以前从来不敢想的事情正在一步一步向我们走来,包括喝茶、吃蟹、种花那些稀松平常的事情,它们的回归恰恰最能证明,我们的日常生活正在走向美好,也是老百姓最能实际感受到的一种改变和享受。

图说中国故事
小照片里的大变化

1993年11月6日,《人民日报》头版发布邓小平南方谈话的署名文章《在武昌、深圳、珠海、上海等地的谈话要点》。

1993年，广东深圳街头，一位行人正用大哥大通话。

1993年，辽宁沈阳，一处拥挤的自行车停车场。

海南岛，我就靠你了！

杨 沐

1993年初瑞雪封街，我在家里陪伴一岁多的儿子玩耍，耳朵却伸向街边音响店播放的电视剧《外来妹》的插曲，有些意外地，追看《外来妹》把一个现在看来非常寻常的观念输送给我：只有离开原来封闭自足的环境，冲出去打拼一番，或许才能更接近自己心中的理想人生。深圳办经济特区，身边有年轻人闯荡去了，带回大大小小的传奇故事；海南建省办特区，又有一些创业故事财富故事陆续传来——一个陌生的改革开放前沿的世界，向我们这些"改开"以来第一批大学毕业生掀开一角，我们窥视到向上、富裕、现代化的画面。"在一张白纸上描绘更新更美的图画"，这是我们自小就说的一句话，现在，我们不是正处在开创自己事业、打造自己历史的好年华？难道我们只能坐在家里等待吗？

这年春天，老松兄弟带领一班技术人员坐火车乘轮船再搭长途汽车，去海南三亚爆破拆除六栋旧楼，四十天后回来对我说："这次我把海南全岛'踏勘'了一圈，总的来说，海南岛是座石头岛，地下三米都是石头，我的爆破专业可以施展拳脚啦。"我哈哈哈哈的大笑声在小屋里回荡。老松兄弟学的是地质工程专业，更细分是爆炸爆破海南岛，我就靠你了！
1993年

方向。形象地说，就是通过爆破，一座小山头削平了，通过定向爆破，一栋摩天大楼或工业烟囱向指定的方向倒去。他曾对我说，他最宏伟的理想就是搬山填海，而这一职业理想来自小学时背诵的毛泽东的雄文《愚公移山》。他认为海南岛这个因地壳运动形成琼州海峡才与祖国大陆分离的岛屿有他的用武之地，他要去。而我这个"国民经济计划专业"毕业的能干什么呢？不管！蔚蓝色的大海和一个崭新的世界就足够让我奔赴一场，而且还有亲爱的小孩和老松兄弟与我同行。

我们来了！海南岛，我就靠你了！

多么盛大啊！即使到十二月也依然爆炸般的太阳，动物般蔓延的植物，无处不长的可食不可食的果子，一刻不停涌动的、永远向海岸进攻的大海！这一切最动人最核心的动力是：一个孤悬海外一穷二白的岛屿涌来那么多人，涌来那么多资金，带来那么多项目，整个海南岛就是一个热火朝天的大工地，新建楼房新建道路新建宾馆和饭店，来容纳突然暴涨的城市和人群，每个人都在忙，每个人脸上都是"我要干点什么"的劲头。我们的青春和理想就交给这个"大战场"

了！这期间有首摇滚《海南岛》，其歌词简单直白，直抒胸臆："海南岛我就靠你了……我要去遥远的海南岛，我要快快跑，快快地跑到天涯海角，我要我要我要我要全新带来……"我们已经来了，那就干吧，还等什么？！

我们入职省直地质部门的二级单位，而特区特色就是生存在市场上，同时人才是第一生产力。作为引进人才的老松兄弟很快被任命为一个国资爆破专业公司的总经理——特区的另一大特色就是每天都有大批的公司成立，多如牛毛的经理穿梭于每一个即将开工的项目之间，当然也有更多的掮客。专业爆破公司的成立使地质部门在海南基础建设这个大市场上有了自己的队伍，也是地质部门摸着石头过河、涉水市场的一次尝试：作为新中国成立初期功勋行业的地质勘探部门，怎么在国家计划任务日益减少、市场正蓬勃兴旺的新形势下，适应市场规则，养活庞大的地质队伍，在特区建设的大舞台上有自己的一席之地。老松和他的团队是地质单位探索生存和发展的先锋。

"再也没有计划任务的馅饼从天上掉下来了"，有的只是火热的市场和年轻人的干劲儿。老松去堵不同项目经理的办公室，要项目就是要生存。没有电视剧里那种霸道总裁西装革履油头粉面的场景,有的只是执着、专业和实力,有的只是受得起苦耐得起烦经得起怠慢。老松兄弟对他的专业烂熟于心,对施工方案胸有成竹,再加上背后老牌地质单位"特别能战斗"的光荣传统,让他在朴素而强有力的"掘进般的展示和说服"中,获得一个大厦基坑开挖的项目。

这是一项什么工程呢?就是从地面向下开挖,挖出三座大楼的基坑,遇土挖土,遇石爆破,然后把挖出的土石运往指定的地点。在施工现场,老松兄弟更像个工长而非技术人员,更不像经理,他指挥工人打炮眼,给刚毕业的新职工亲授雷管与炸药的连接,雷管和起爆器的连接,在起爆前逐一巡查每个爆炸点,逐一检查安全防护,每个进出口都有专门安全员把守——这是他上岛后第一个大项目,必须成功起爆第一批炮群!在他按下起爆器时右手手指在发抖,随着几百个炮孔同时起爆,浓烟腾起,碎石闷声流动的声音让老松兄弟笑了,他知道,第一炮成功了!

这样的炮声每十天半月都要重复一遍,老松兄弟在解决一个又一个问题中艰苦蜕变,他从一个单纯的技术人员,蜕变成实务干将,他说，"要把手头的事做完，要把事情做好，要让甲方满意，要让我们的职工必须有所得。职工要成长，收入要逐年提高；队伍要扩大，单位资产要增值。"

在老松带领伙伴们甩开膀子大干苦干的时候，我在做什么呢？上岛那年我们三十岁，对于我来说，从最初的兴奋一下子跌入市场经济大潮的迷茫。我不得不把大部分精力用在两三岁的孩子身上，在孩子大一点、思考自己的发展前途时我发现，在改变物质世界的列车向前狂奔时，精神世界的空间在极度萎缩；我也同时看到，老松作为一个技术知识分子，在市场汪洋里游泳是多么艰难，我们都面临着思想转变和行动方式的转变，我们都必须独自探索自己的发展道路。老松在具体的事物中探索，而我则偏重观察人们在这个过程中的变化：目睹外来移民的来来往往，也目睹海南当地人民以不同的方式融入对他们来说同样新鲜的特区生活，而我们共同居住的城市在一年年地"扩大"和"长高"。我一边戴着安全帽下工地，和钻探工、爆破工、挖掘机手同吃同住，一边观察他们，悄悄磨炼自己特别热爱的一项技能：写作。我把看到的、体验到的写成了长篇小说《板块漂移》，这部尚不成熟的作品，留下了海南建省办特区初期的社会人文百态。

第一个大工程在困难重重中完成并不意味着老松他们就能顺利得到下一个项目，也不意味着下一个工程来了就没有困难。每一个工程都不过是一个台阶，这个台阶可以把你向上送，也可能让你从此走下坡路。进入二十世纪九十年代中期，海南陷入投资低谷，建设项目缩水。但也是这几年，海南岛修通了海口到三亚的东线高速公路，接着是西线高速公路；这意味着，孤悬海外的海南岛在为逐步走向现代化铺路。

那几年，我对身边地质人的观察和书写扩大到远方，我接到一个写作任务，写地质人在青藏铁路建设中的工作和生活。我沿途采访了西安、兰州、西宁、格尔木铁道部门的地质人，上青藏高原，采访风火山冻土观测站，再到拉萨，我第一次把采访、写作和旅行结合。而地质人在高寒地区坚持四十多年的冻土、高寒气候、冰川研究表现出的大无畏和勇于牺牲，以及青藏高原无与伦比的雄浑和肃穆，让我在接近四十岁时，思想上发生了变化。我的眼界被大自然、被许许多多青藏铁路建设者的故事打开，我除了完成书写青藏铁路地质科学家的报告文学，又陆续写出短篇小说和叙事散文：《香巴拉》《西藏在上》《翻过那座小仙山》，长篇小说《一日成仙》等，我在写作上找到了自己的方向和方法。

经过十年的历练，老松兄弟和团队积累了足够的技术手段和施工经验，带出了一个过硬的队伍，积累了一定社会声望，这使他在四十岁那年，和团队一举中标一个关系到国泰民安的超大型工程：用石头围出一个人造港湾和码头。为取石，要爆破削平两座小山头，把几千万方的石块从山上拉到海边工作场；石块用钢丝笼集装成一定尺寸的立方体，然后用特型船输送到远处的海面，再用特型起重机将石方"摆"进海底，摆出一个海底堤坝，这个堤坝将围出一个人造海湾。这是一项改变地貌的工程，也是造福人类的国家工程，而老松是炸山取石这段工程的总指挥。"我们中标啦！我们要搬山填海！"我在家里骄傲得，感觉自己也"长高"了几寸。

炸山取石第一次爆破时我在施工现场，只见爆破时整个小山头像从内部突然鼓起的裙子，先呈现一个灯笼状，再向上飞起，再向下飞曳，接着就听见土石向山下滚动的巨响，遮天蔽日的浓尘向我们这边扑过来，好半天都散不去。老松戴着安全帽，蹬着翻毛牛皮靴，带领爆破队、挖运队、汽车队以及专职安全员，冒着硝烟前往现场，勘察爆破效果。"眼下就是搬山填海，人一辈子能遇到几个这么大、对国家这么重要的工程？甩开膀子加油干吧，你这一辈子都会为今天骄傲！"老松对一起并肩战斗的同事们说。

海南岛南部火热的阳光照在满脸汗水的老松兄弟、爆破工、挖机手、卡车司机和各工种队长们脸上，所谓劳动中的平凡英雄就是这样的吧！所谓在平凡中创造奇迹就是这样的吧！几个月后，几十台挖掘机散布在削平的山丘上，二百多辆载重卡车奔驰在上下坡道和工作面上，那壮观的场面叹为观止！两年后，他们完成了这项可以载入历史的工程，他们将一项关系到国富民安的伟大构造固定在地球上，他们黢黑皱纹里的笑容更加灿烂啦。

我在写作上的成熟要慢得多。2010年，我陪伴十八岁的儿子高考并把他顺利送进高校。也是在这一年，我着手把在此生活了十六年的对海南历史、文化、风土人情研究的成果付诸形象，完成了30万字的长篇小说《双人舞》，这是我最重要的作品之一，我自己的愿望是塑造继《红色娘子军》之后又一代海南妇女的形象。也是在这一年，海南环岛高铁东线开通运行，海南岛结束了没有民用铁路的历史；2015年，环岛高铁西线开通运行。紧接着，海南建设国际旅游岛上升到国家战略，老松继续带领团队在海口美兰国际机场二期工程建设、海口电厂扩建等大中型公共基础设施的建设中，铁肩担重任，双手建家园。

2018年，一直在成长的海南迎来了"探索建设中国特色自由贸易港"的新政策，2020年《海南自由贸易港建设总体方案》出台，海南迎来了新的发展机遇。我和亲爱的老松兄弟也迎来了自己职业生涯的最后几年。这时我接受了一项写作任务，书写一个在海南岛上发生了六十多年的伟大事业：南繁。农作物良种培育的南繁事业关系到中国种业安全，关系到国家粮食安全，是保证中国粮食安全的底座。中国农作物良种百分之七十以上与海南南繁有关，最著名的南繁人物就是袁隆平院士，而这项关系国计民生的事业并不为普通百姓所熟知。我用了三年时间，行程三万多公里，采访了一百多位农业科学家，创作了大型报告文学《南繁——筑牢中国饭碗的底座》。

这部作品一经问世首先得到农业科技工作者、种业人的欢迎，得到了文学界的好评，取得良好的社会效益，获得中宣部第十六届"五个一工程"奖优秀图书奖，它也是我三十年写作生涯的一个总结。

2023年，是我和老松、我们的孩子上岛三十周年，我们各自实现了青春时立下的心愿：搬山填海，打造一两个改变地貌的工程；写几本书，其中一两本能得到社会广泛认同。我们的孩子也学有所成，成家立业，以期大展宏图。

海南，成就了我们。而这一切，始于1993年受改革开放春风的鼓动，受特区建设的吸引，我们满怀热情奔赴南方，立住脚，扎下根，使劲儿向上长；不仅让自己长成一棵大树，也多多少少为后来者留下阴凉。

图说中国故事
小照片里的大变化

1994年10月1日,庆祝中华人民共和国成立45周年,烟火表演照亮了北京天安门广场。

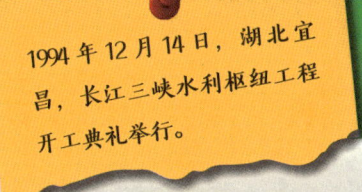
1994年12月14日,湖北宜昌,长江三峡水利枢纽工程开工典礼举行。

"五自"助力雏鹰飞

孙云晓

哪一个少年没有五彩斑斓的梦想？哪一个少年不渴望像鸟儿一样在蓝天飞翔？

据 1994 年 1 月 28 日《人民日报》报道：1994 年 1 月，全国少工委"雏鹰行动"计划产生了，全称"跨世纪中国少年雏鹰行动"。它以实践为主，鼓励孩子们进行小制作和小发明，以启迪他们对科学的兴趣；它要求少年儿童通过"五自"学习实践活动（自学、自理、自护、自强、自律），培养生存和劳动技能。该报道题为《黄金时代缺少了什么——探险夏令营引发的一场社会大讨论》，文章最后写道："人们多么希望，我们的下一代有一副坚实的肩膀，勇敢地搏击新世纪的滚滚风云。"

1994 年为什么要发起中国少年"雏鹰行动"？"雏鹰行动"对少年儿童的成长起到了什么作用？而今天，新时代的少年儿童如何像雏鹰一样展翅飞翔？作为深度参与者的儿童文学作家，笔者愿意与少年朋友说说那些难忘的故事。

草原探险夏令营一石激起千层浪

中共中央、国务院 1993 年 2 月 13 日发布《中国教育改革和发展纲要》，指出："中小学要由'应试教育'转向全面提高国民素质的轨道，面向全体学生，全面提高学生的思想道德、文化科学、劳动技能和身体心理素质，促进学生生动活泼地发展，办出各自的特色。"党和国家发出了推进素质教育的伟大号召，全国的中小学都在积极响应，但是以升学考试为中心的教育倾向依然严重，学生课业负担沉重，参加社会实践活动贫乏，教育改革遇到的阻力巨大。

推进素质教育，儿童文学作家负有重要责任。笔者时任中国青少年研究中心《少年儿童研究》副主编，经过深入采访中日夏令营，写出报告文学《夏令营中的较量》，被 1993 年第 11 期《读者》杂志推荐转载，引发强烈反响。同年 11 月 25 日，《中国教育报》在头版头条转载《夏令营中的较量》，27 日发表原国家教委基础教育司负责人谈话《怎样培养和关心下一代》。这篇报道再次向我们所有教育工作者和家长提出了一个尖锐的问题：为了国家和民族的未来，我们应当怎样培养和教育下一代？在《人民日报》和《中国教育报》等媒体的组织下，一场教育大讨论在全国广泛地展开了，而到1994年，讨论达到白热化的激烈程度。

  作为少年朋友可能会急切地问，这是我们的责任吗？在1994年2月28日《中国教育报》上，我用《〈夏令营中的较量〉余墨》一文回答了这个问题。我写道：参加夏令营的中日孩子，不能完全代表中日全体孩子；中日孩子各有优点和缺点，其差异的本质是文化的差异。两国孩子的差异深层是两种教育思想、两种文化观念的差异，与其说暴露了中国孩子的弱点，不如说暴露了中国教育的弱点，这教育指家庭、学校和社会对孩子影响的合力。有些孩子或许会感到委屈：不是我们不想干，是我们不会干，谁教给过我们？谁给过我们锻炼的机会？这些话算是问到要害了。在1994年的大讨论中，我曾发表过一系列长篇文章，如《并非杜撰，也并非神话》《两种爱心，两种命运》《雏鹰的翅膀为何如此沉重》，等等。为了永久记住这场大讨论，我主编了近40万字的《较量备忘录》，1995年5月由四川少年儿童出版社出版。时任全国政协常委、中国关心下一代工作委员会常务副主任王照华作序，题为《努力提高中国孩子在世界上的竞争力》。

简而言之，我不认为是中国孩子不行，而是中国教育存在的隐患必须消除。当然，少年是祖国的小主人，自然也有重任在肩，需要觉醒，更需要行动。

雏鹰行动进行曲

少年强则国强。最令人欣慰的是，中国少年行动起来了。1994年的冬令营和夏令营活动如雨后春笋全面开花，勇敢挑战自己，成为少年一代的自觉追求。

我曾在《雏鹰的翅膀》一文中回忆起往事：提到鹰倍感亲切，因为我在青岛上初中时，曾跟随大人训练过苍鹰，印象之深终生难忘。

那是一只并不太大的苍鹰，头部漆黑，腹部灰白，爪子锋利。我以为马上就能上山抓野兔了，可大人却摇摇头说："家养的鹰太肥了，不熬一熬甭想抓兔子。"熬鹰是残忍的。几天几夜之内，不让它吃东西，也不让它睡觉，我们轮番驯它。这且不说，还将小小的麻线球儿强塞进它嘴里，让它吞进胃里，估摸着沾上剩余脂肪了，再将绳儿轻轻拽出来。几天后，奇迹出现了。熬过之后，苍鹰非但没有倒下，反而更加精神抖擞。等我们带它上山时，第一天便捕获一只肥硕的野兔。我写道："自古以来，在我们这个星球上，还没有一只不依靠自己翅膀翱翔的鸟儿。道理十分简单——鸟儿不会自己搏击长空，便难以避免被吃掉的危险。人类同样存在这种隐患。隐患之所以危险，在于它具有毁灭性的力量，却又不容易察觉！"

1994年春节前后，北京市举办了首届"中小学生北极村冬令营"，出发前我去给营员们送行，给他们送上真诚的鼓励与祝福。10个十一岁至十七岁的北京孩子在祖国北部边陲的茫茫雪原上度过了难忘的10天。雪地拉练那一天，零下40多摄氏度加4级风。孩子们身负15千克的御寒行头，跟着边防军叔叔上路，军犬打头，战士们走在前面为孩子们踩路。但是越走雪越深，当雪没过膝盖时，孩子们就像走进了沼泽地，这脚拔出来那脚陷进去。大头鞋里进了雪，雪化成了水，水结成冰，但决不能停下来，停下来就会冻伤。虽然每个人脸上、手上都涂抹了防冻膏，但皮肤一接触空气还是像刀割一样痛。虽然戴了皮帽，两只耳朵照样冻得火辣辣的。嘴里呼出的气冒着白烟，吸进去的冷气使人感到刺心的痛。

以上冬令营的情况是1994年3月5日《人民日报》的报道，题为《漠河之行留下什么——访北极村冬令营归来的孩子们》，记者王娜梅。关于此文的编后语说："社会舆论备加关注的《夏令营中的较量》和孩子们在冬令营中的优良表现，使人们看到了中国孩子似乎很难联系起来的两面：孩子既有娇气的一面，也有坚强的一面。他们的可塑性是很强的，关键是社会、学校、家庭是否给孩子提供吃苦锻炼的机会，是否让孩子具有经受锻炼的意识……愿社会各界为孩子们的健康成长创造更好的社会环境，不仅是在边远的北极村，也在日常生活的角角落落。一次军训、一次长跑、一次远足，甚至一次卫生大扫除，只要坚持不懈地做下去，积以时日，成效自见。"

1994年1月25日，30名山西省太原市的少先队员组成"少年远征队"，向吕梁山革命老区进发。据1994年第6期《辅导员》杂志报道，队员们走到黄河边，住进老乡的窑洞，体验了"山里娃"的生活。27日，他们来到毛主席住过的双塔村窑洞，还向"山里娃"赠送学习用品并一起游戏。

最令我感到震撼的是浙江衢州的石梁中学，他们自1994年开始，年年组织全校学生远足拉练，竟然坚持了近三十年，成为至今依然坚守的优良传统。女作家毛芦芦曾任该校教师，多次参加拉练活动，并写出长篇纪实作品《难忘与你们同行》，获冰心儿童文学奖。

中国少年用行动证明，他们不惧怕挑战，他们敢于吃苦，他们有勇气与智慧赢得美好的未来。

"五自"精神成就跨世纪的一代

以生存教育为主的"五自"学习实践活动是中国少年"雏鹰行

动"的核心内容之一,即通过各种生存技能和劳动技能的训练,帮助少年儿童养成自理的意识和能力,学习生活和劳动的技能,培养热爱劳动的习惯。1994年5月24日,时任中共中央总书记江泽民为"跨世纪中国少年雏鹰行动"题词,勉励少年儿童:"自学、自理、自护、自强、自律,做社会主义事业的合格建设者和接班人。"

"五自"精神为什么特别重要?因为它既体现出人的自主性和主动性,又体现出全面性与均衡性,这是一个人具有优良素质的显著特征。如何引导广大少年儿童学习和理解"五自"精神,做新时代的"五自"好少年,成为笔者思考的一个课题。

应未来出版社邀请,笔者主编过一套报告文学丛书——《跨世纪的一代——中国少年"五自"丛书》。为什么要求是报告文学呢?就是要为孩子们提供真实而鲜活的同龄人榜样。笔者邀请知名的少年报告文学作家刘保法、庄大伟、秦润华、刘小玲组成创作团队,分别负责自学、自理、自护、自强各卷,而笔者负责自律卷。该丛书1994年12月出版,荣获中宣部"五个一工程"奖。

虽然已经过去几十年,笔者依然难以忘记那一大批"五自"好少年光彩夺目的形象。其中,印象特别深刻的是"全国十佳少先队员"杜瑶瑶,笔者曾经回青岛家乡,去她的家和学校采写她的事迹,被一个独生女孩顽强奋斗的精神深深感动。

八岁那年,杜瑶瑶的父亲突然去世,从此,她便承担起照顾患重病在床的妈妈和安排自己生活学习的重担。

凡是在家的时候,瑶瑶总是早晨四五点钟起床,生炉子做早饭,帮妈妈洗漱、吃饭,并且再把碗筷洗刷干净,给妈妈吃药,抓紧写作业;下午放学买菜回家,给妈妈倒大小便,然后做晚饭;晚上,收拾屋子和洗衣服,预习新课。妈妈住院的时候,瑶瑶总是陪住在那里,在照顾妈妈之余,抓紧完成当日的作业。她不仅照顾妈妈,也经常帮助其他病人打开水,还唱歌跳舞安慰他们,让病人们十分感动。可以说,瑶瑶每天都在和时间赛跑。

看着独生女儿小小年纪如此辛劳,妈妈不忍心再拖累孩子,用尽气力爬到窗口,想以跳楼的方式解脱。结果,她的反常举动被好心的邻居发现了,把她抬回到床上。瑶瑶放学回家听说后,一把抱住妈妈泪流满面地说:"妈妈,我已经失去了爸爸,不能再失去妈妈啊！好妈妈，为了你最亲爱的女儿，你也要坚强地活下去！等我长大了，会以加倍的爱来报答你的。"为了让妈妈高兴，瑶瑶不断向妈妈报告好消息："我评上学校的劳动小能手了！""我评上市级三好学生了！"她学了新的舞蹈，为妈妈边唱边跳："深夜里开放着一朵小野花，风不怕雨不怕，白的像星星，红的像火把。"一天凌晨一点多时，妈妈又犯病了，呼吸急促，氧气袋却空了。瑶瑶毫不犹豫地向门口冲去说："我这就去医院灌氧气！"当她冲进医院的急诊室，熟悉她的大夫吃了一惊："瑶瑶，你不害怕走夜路？""为了妈妈，我什么都不怕！"听了瑶瑶的回答，大夫感动极了，马上让护士给灌足氧气袋，并把她送回家。

虽然瑶瑶照顾妈妈很辛苦，她依然抓紧零零碎碎的时间学习。五年级期末考试，瑶瑶荣获年级学业成绩第一名！她还保持写作、朗诵、唱歌、舞蹈等兴趣爱好，担任中队的文娱委员，可以为大家即兴表演。

1993年，杜瑶瑶被评选为"全国十佳少先队员"。此后多年，笔者在济南、北京等地见过她，见证了她在不断进步。新华社、《人民日报》和中央电视台都纷纷报道她的事迹。2004年，她以优异成绩考上中国海洋大学法政学院研究生，毕业后从事了法律方面的工作。

请党放心，强国有我

党和国家最关心少年儿童一代的健康成长，推进素质教育成为国家教育工作的主导思想之一。1999年6月13日，中共中央、国务院颁发《关于深化教育改革，全面推进素质教育的决定》，明确指出："实施素质教育，就是全面贯彻党的教育方针，以提高国民素质为根本宗旨，以培养学生的创新精神和实践能力为重点，造就'有理想、有道德、有文化、有纪律'的、德智体美等全面发展的社会主义事业建设者和接班人。"

长江后浪推前浪，一代更比一代强。据《中国教育报》报道，2016年教师节前夕，习近平总书记回到母校北京市八一学校看望师生时，来到学校的天工苑通用技术中心，仔细观看学生们正在研发的我国首颗中学生科普小卫星，向指导老师和学生了解卫星实验内容和特色功能。习总书记说："你们很了不起，我上学时，也就是组装个矿石收音机。你们从中学阶段就培养科学素养，发展兴趣特长，打下牢固基础，将来上大学继续学习这方面的专业知识，连贯起来，这很好。"他还亲切地说，"你们的小卫星发射时别忘了通知我一下。"

2016年底，研制团队的同学们给习总书记写信，如约报告了小卫星即将发射的消息。那时，长征系列运载火箭已经发射475次，其中一次发射搭载了"八一·少年行"卫星，即首颗中学生科普卫星。习总书记在回信中希望同学们"保持对知识的渴望，保持对探索的兴趣，培育科学精神，刻苦学习，努力实践，带动更多青少年讲科学、爱科学、学科学、用科学，努力成长为祖国的栋梁之材，将来更好为实现中华民族伟大复兴的中国梦贡献力量"。习近平总书记强调，"素质教育是教育的核心，教育要注重以人为本、因材施教，注重学用相长、知行合一，着力培养学生的创新精神和实践能力，促进学生德智体美全面发展。"

在庆祝中国共产党成立100周年大会上，共青团员和少先队员代表集体致献辞中，发出了"请党放心，强国有我"的铮铮誓言。我忽然意识到，新时代的中国少年儿童是强国一代，而呼唤强国一代的茁壮成长，正是我写《夏令营中的较量》及教育大讨论的梦想。虽然，少年儿童的成长面对诸多难题，教育改革依然任重道远，但是令人欣慰的是，强国一代是具有"五自"精神的一代，是大有希望的一代，是值得信任的一代，是拥抱未来的一代！

"五自"助力雏鹰飞 1994年 **083**

欢度国庆的孩子们。

图说中国故事
小照片里的大变化

1995年5月1日,上海东方明珠广播电视塔正式发射开播。

1995年9月4日,联合国第四次世界妇女大会在北京开幕。

穿上警服

韩青辰

1995年,我穿上警服。

读了四年中文系,忽然分进严肃的机关,穿上肥大的警服,我难过得大哭一场。

"爸爸做梦都想戴上你的大盖帽穿上你的警服呢!"电话里父亲的声音像炸雷,那么爽朗,那么振奋,"等到过年,你必须把警服穿回老家给爸爸看看!"

早年警服是军绿色的,站在父亲面前时,我因为羞怯而假模假式地给他敬礼,父亲笑得满面红光。

隆冬大雪,父亲午后出门铲雪,我跑去帮忙,索性玩起堆雪人,最后把警帽扣在雪人脑门上,拽着父亲一起合了张影。算起来,那是我唯一一次穿警服回老家,唯一一次穿警服跟父亲合影。

成家后夫婿也是警察。父亲一次次下命令:"两个人都必须穿警服回家!"

我们双双回去过好几次,但一次也没能让父亲如愿。那时候是不好意思,怕麻烦,另外也想着低调,或者对警服还没产生深情,更没想到时光无情,世事难料。警服后来换成了灰色和藏蓝色,可父亲都看不到了。

刚工作那会儿，单位跳槽的很多。我前面先后走了四批师哥师姐，我也跟着心思浮动。

父亲反对，他坚信我的工作有意义，使劲儿鼓励我好好工作好好创作。我写的每一样东西，哪怕巴掌大小，他都视为珍宝，仔细剪下来珍藏，而且一一点评。

父亲读过我早年所有创作，记得他读我的第一本长篇，斜躺在老藤椅上戴着老花镜，读完好像返老还童，一骨碌起身，喜滋滋地跟我说："奇怪，你写的跟真的一样。"

父亲还说："将来谁要喜欢你的文章，说明这个人不简单。"

父亲这么说自然是敝帚自珍，另外他是高明的教育家，身为父亲，他没有一刻放弃过对我的教育、引导与规训。

在父亲最后的日子里，我辗转在他床边，恨不得明天科技就能将他克隆。某天，父亲勃然大怒，敲打着床板骂道，"你整天围在我身边干什么，你该回家去写你的东西！"我哭着从医院跑回家。

多年后我才懂得，在父亲心中，我的写作、我的一切从来都比他的命重要。

　　因为父亲，我写得不敢停步。2003年非典，单位实行轮岗，我忽然拥有20天自由，每天一万字，一口气写出长篇小说《水印》。有几天，写到丧父情节，越写越怕，拼命打电话找父亲。

　　父亲在电话里潇洒快活，他唱歌似的宽慰我："放心，你爸爸在老家好得很呢，非典跟我们乡下人没关系，你们城里人倒是要当心！"

　　晚年母亲转战南京，父亲独自在老家活成老顽童的样子，动不动就自嘲为"乡下人"，调侃我们是"城里人"。

　　父亲那样说带着十二分的骄傲与自足，他多次说，"今生我最大的成功就是你们。"

　　我生于1972年的苏北乡村，幼年饱受饥寒。那时候冬天，上学路上我常常冻得呜呜哭，每天放学跑回家，要是能看到一锅绿色的菜粥，就会高兴得像过节一样拍手唱歌。

　　父亲为了改变我们的境遇，常年奔走在外。奶奶有背疾，只能做些简单家务。在土地承包责任制之前，我们家能去集体挣工分的除了母亲还是母亲。体重八十多斤的母亲挑担水都打晃,她实在算不上什么劳力。

没人挣工分,分得的粮食自然也最少。至今记得分粮队伍中,母亲在众人面前不愿抬起的目光,和奶奶暗地里愁苦抹泪的样子。

我好像很小就懂得,人要努力奋斗。

很快分田到户了,全民振奋,好像太阳第一次照到人心上。母亲和奶奶喜不自胜,所有人都知道,只要勤劳就能致富。

改革开放让乡村日新月异。父亲由常年驻扎城市,转变为往返于城乡之间,最后回村经营,兴办面粉厂、木材厂、猪毛厂、医疗器械公司,晚年成为乡镇物资公司经理。他五十岁入党,那高高举着党员证回家的样子仿佛就在昨天。

父亲渴望让我们过上"风吹不到,雨打不到"的好生活,他和母亲并肩作战,可谓不计代价,非实现梦想不可。

我们兄妹年龄相差十六岁,考大学接力赛前后蔓延十多年。我们像一个严密团结、奋斗向上的战斗团体。哥哥是排头兵,他是村里的第一个大学生,跟着姐姐、我和妹妹,一门四兄妹都考取大学,至今仍是乡村佳话。

我的数学不好,第一年高考落榜后,父亲送我去县中补习。一天午后,我在三楼的教室忽然听到楼下传来父亲熟悉、敞亮的呼喊,"小霞儿,小霞儿……"

父亲穿着白衬衫黑皮鞋,戴着茶色墨镜和白色太阳帽,风度翩翩又风尘仆仆,汗津津地背着硕大的旅行包。

他从上海出差归来,途径县城特地来看我。

落榜的阴影深深笼罩着我,那时候恨不得全身裹层隐身衣,可是父亲站在大太阳下面,美滋滋雄赳赳地呼唤我的乳名,我不好意思出来答应,又在心里惶惑,我还是那个配得他疼爱的孩子吗?

父亲热腾腾地坐在我逼仄的宿舍里,我感觉他背进来了一百个太阳,整个宿舍都明亮了许多。

"没关系,留得青山在,不愁没柴烧,别说复读一年,就是两年三年爸爸都供得起。"

父亲从沉甸甸的旅行包里掏出奶粉、饼干、糖果。

从那天起,我在日历上写数字,记下距离高考的天数。我启动了倒计时，朝朝暮暮分秒必争，我计算的不是成败得失，而是我付出得够不够，值不值得那么好的父爱。

为了我们，父亲年复一年"野蛮作战"，真正是透支太多，耗尽全部。晚年他常说这一生他打了一个大胜仗，心想事成了。谁想好时光那么短暂，我写《水印》的第二年，六十八岁的父亲因为肝癌匆匆病逝，前后八个月，就像晴天霹雳。

小时候最羡慕别人身边有父亲陪伴，我常跑到村口去张望。六岁那年，我在堂屋带妹妹玩，后门严严实实上着锁。忽然我心急火燎地跑去开门。当我吃力地把门拉开，居然看到了久别的父亲。

我高兴得大喊大叫："我就猜到爸爸回家啦！"

"哦，原来你有先知先觉？！"

就这样，"先知先觉"这个词对我来说刻骨铭心。

父亲走后，我一度自责为什么要写《水印》，假如我没有"先知先觉"，父亲会不会就能多活几年。

没了父亲我举步维艰，写作一度变成寻找父亲。《每天都在失去你》，反复修改八年，写一遍病一遍。2012年出版后依然放不下，还想写本《因为爸爸》。

酝酿五年，最终我把个人之痛与时代之痛结合，将鲜为人知的公安英烈遗孤的成长、牺牲和奉献公之于众。

惟其如此，做点对社会有益的事，父亲才会安息、高兴。

父亲是个有强烈公义精神的人。在我们老家堂屋，至今仍挂着一块金匾：天下为公。那是濒临倒闭的村中学在父亲助学之后，敲锣打鼓送来的。

父亲在老家始终是个特殊的存在。

二十世纪八十年代初，率先富起来的他第一个在庭院里打井。全村壮劳力都来帮忙，工程轰轰烈烈非常浩大。我们小孩子全被赶出去玩，以免添乱。第一桶井水打上来，老师傅问，水是要甜还是要咸？父亲洪亮又幸福地喊，要甜！一碗准备好的老红糖倒进水井，鞭炮噼噼啪啪响。

村里人来打水，要穿过我们家的前屋或后屋，每个黄昏，地上都会湿漉漉亮晃晃地留下一路水渍。

井水比河水清甜、卫生。等大伙儿条件都好起来，父亲张罗，挨家挨户帮着打井。不到三年，家家都吃上了井水。

  我们都考取大学的那年除夕，全家欢欢喜喜一起大扫除，贴对联，贴年画，角角落落收拾得光鲜漂亮，就连摩托车、老银杏树也一一贴上了福字、喜钱。那时候用上了自来水，水井差不多闲置了。

  黄昏，年夜饭飘出香气，家家放鞭炮祭祖。父亲恭恭敬敬拜完老祖宗，转身走到老井面前，上香摆供品，认认真真三鞠躬，面色庄严，念念有词。

  父亲拜井，叫我惊讶。父亲却笑了，意味深长地说："吃水不忘挖井人，我们今天的幸福生活，特别是你们兄妹四个轮番考取大学，哪样不归功于共产党。是党的政策好，让你们赶上了好时代，否则再努力也没用。"

  吃罢年夜饭，父亲宣布一条家规："既然你们都读大学了，就该有个大学生的样子，每年除夕全村访贫问苦拜望长辈，贫困户和八十岁以上老人都要给压岁钱。"父亲说完抱出一沓备好的红包、香烟、果品。

  从小到大，看惯了家人扶危济困，我们一点也不意外。另外，我从初中起就帮贫困户写救济申请,那几乎是我早年的写作训练,一直写到我工作离开家乡。

父亲枕边总有一本很厚的书,白天再忙再辛苦,睡前总是要读上几页。得空,他喜欢舞文弄墨,写点什么。他是那么迷恋与向往书斋生活,只可惜生不逢时。

从绝境中走来的父亲,深知穷困的各种苦涩,特别乐善好施。村里吃水问题解决后,他又掏腰包帮全村买电线杆拉电线,跟着电工忙乎一个冬天,让家家户户都亮起电灯过新年。

接下来父亲领着村民们热火朝天地办厂,他的雇员基本都是贫困户。我们每一个人考取大学,父亲都会请来电影队,村里村外摆上好几十桌,亲朋好友都请回来当座上宾。

那些蒸蒸日上的幸福,一场连一场的欢庆,真叫人不敢相信。记得满头银发的奶奶开心之余,颤巍巍地拉着父亲衣袖悄声埋怨:"你要不要悠着点,这国家的政策哪天会不会又变回去……"

父亲总是用他爽朗的笑声回答奶奶。

奶奶走后十三年,父亲也走了。老家从此成为空屋。每年我们还会回去看看。转眼二十年，父亲栽下的银杏都老了，年年果实累累。父亲种在院子里的花，无人看管，却顾自繁盛。

这中间我们才知道，父亲退休的那些年比上班还忙。他忙着铺村里的公路，忙着做企业顾问，忙着教育不良少年，忙着调解纠纷。我们的家从早到晚热闹不休，简直就是"乡派出所驻村办事处"。

父亲帮人家做工作，免费提供茶水伙食。谁开公司需要借款，谁生大病需要救助，谁犯事情需要教育，统统都找他。白天晚上二十四小时办公。甚至在他肝癌切除之后，最后一次回老家，也是被一对打架的兄弟半夜三更给叫起来主持公道。

我们家屋后是村里的晒场，晒场过去是条河，河上有座桥，无栏杆，且细长。桥板中间拼接处莫名其妙拱起两道，常人走上去都得十二分小心。小时候我们多次看着人从桥上落水。

我们三姐妹第一次过桥都是匍匐着爬过去的。而父亲唯一一次打我，就是因为我在桥上玩。

等我们长大进城后，桥上依然有盲人、老人和孩子落水。年老的父亲差不多成了守桥人，但凡有人落水，他都组织营救，其中无家可归的，摔伤摔病的，他帮助救治，甚至领回家养伤。

2004年清明，就在父亲病房，窗外的绿树开了红的白的花，我们四兄妹围在父亲床前。

父亲穿着蓝白病号服，斜倚着手摇竖起来的床板，那是他靠药物又一次从昏迷中清醒。他望着我们抱歉似的一笑，说："我心中有一个遗憾。"

我们都凑上前，哥哥把父亲抱扶着坐正，父亲眼里忽然就闪出了光芒，喘口气，接着说，"老家屋后那座老桥，太旧了。老有人掉下去，我一直计划要造个带栏杆的新桥……"

父亲生于1938年秋，爷爷在街上开香店，家里用着几十号伙计，早年丰衣足食享尽宠爱。只是风雨飘摇的旧中国烽火不断，很快香店开不成，全家转移乡下耕种。新中国成立之初，乡村百废待兴，一场肺炎夺走了中年的爷爷。十七岁的父亲，望着病弱的寡母和四个哭哭啼啼的妹妹，被迫辍学成为一家之主。从此读书成为他遥不可及的梦，以至于当他有了我们，耗尽心血让我们读书——继续他未完的梦。直到今天，我只要摸起书本，总觉我的父亲就在字里行间。

  父亲一生创造了很多财富，但他最爱的不是财富，而是知识、真理、公义。他总要我们做一个尽心尽责的人，对得起国家和社会。

  父亲走后三年，一座带栏杆的白色公益桥代替了老桥，在村里通行。我们领着孩子们回老家，总要去看看父亲的桥。

  警服穿上身转眼快三十年，平均每天都有一位人民警察牺牲，每一分钟都有一位人民警察在流血，每天都有一个孩子成为英烈遗孤。身为警营记者，真是写不尽的热血奉献，写下来终觉轻浅的忠诚浩荡。

  我日益懂得了父亲的心愿，对身上的警服也倍加珍爱、敬畏。每个神圣庄严时刻，我情愿穿上它。因为我穿上它，就是穿上了身为人民警察队伍一员的光荣，就是穿上了父亲的希望和母亲的微笑。

  犹记得 2007 年，酷爱写作的我有幸参加鲁迅文学院三个半月培训。走进属于我的那个天堂写作间，放下行李，我恭恭敬敬在床头贴上我和父亲的合影。

  我要把父亲带到任何我可以去到的神圣之境。我想要与父亲分享我的幸运，更希望父亲见证我的生命。

  2022年，《因为爸爸》被翻译到我的脚步至今还未能抵达的突尼斯。新书首发式上，突尼斯译者哈利德教授用比较流利的汉语说："全世界的爸爸，不管做什么工作，只要他是认真负责的好爸爸，他们就都是英雄。"

  他的话把我带回了创作初心，谁说我那默默无闻的父亲不是天地间伟大的英雄呢？

  当我身着警服一次次举起右手敬礼，我总会看到我那一笑就会满面红光、坦坦荡荡浩然正气的父亲。

穿上警服
1995 年
099

作者与父亲的合影。

图说中国故事
小照片里的大变化

1996年1月21日,北京西站正式开通运营。

1996年5月,在北京的"硅谷"——中关村,一名男子用三轮车运送一台电脑。当时中关村最受欢迎的商品是最新的高质量显示器和功能强大的电脑。

我的 1996

湘 女

1996年这个温暖青翠的昆明之秋,给我带来了一份美好的礼物——我的散文《父亲的故乡》,获得由世界福州十邑同乡总会设立的第一届"冰心文学奖"散文佳作奖。

电报是福建冰心研究会王炳根先生发来的,寥寥几字,提前告知获奖消息并顺致祝贺,并说获奖通知很快寄出。

那一瞬我很意外,也很激动。意外的是,我是在报上看到的征稿启事,赶在截稿最后一天将作品寄出,没想到竟能获奖;激动的是,这是我第一次获得来自海外的文学奖项。

很快,我收到正式获奖通知。通知从新加坡发来,落款是"世界福州十邑同乡总会冰心文学奖工委会",署名"原甸"。

颁奖典礼将在泰国曼谷举行。

曼谷距昆明不到两小时飞行航程,但对于我来说,那个设立这项大奖的机构,那些给予我这份殊荣的人,却显得十分遥远而陌生。

在前往曼谷途中,我很忐忑,也有些怯意。我不知道我会经历什么样的场景,会遇到一些什么样的人。

出曼谷机场，地面温度34摄氏度，扑面而来的是眩目的阳光和蒸腾的热浪。这座炎热的东南亚大城，有着数不清的高楼、佛塔和令人生畏的滚滚车流。

淹没了这一片异国喧嚣的，是高举着"世界福州"牌子的泰国华侨余先生热情的笑脸，是盛装的泰国少女为我戴上的兰花花串，是一路相遇的侨胞亲切的问候，在这片友好气氛中，我的忐忑与怯意不知不觉便消失了。而当我见到冰心先生的女儿吴青教授与女婿陈恕教授，终审评委代表王炳根先生，新加坡著名诗人、作家原甸先生，以及来自中国、马来西亚、新加坡等地的获奖作家后，就更有了一种亲切感。

富丽堂皇的泰国国宾大酒店里，已经聚集了一千多名来自世界各地的代表，他们都有着一个共同的祖籍——中国福州。

福州人移居海外已有上千年历史，在漫长的异国创业历程中，他们走过了备受欺凌和屈辱的道路，饱经了无尽风霜。经过一代代人不懈的努力，终于在海外创下了辉煌的业绩，树立起不屈不挠的强者形象。"世界福州总会",正是由一批卓有成就的福州籍企业家、政治家、各界专业人士,以团结同乡、共求发展而成立的一个国际性社团组织,拥有雄厚的资本实力,很强的号召力和凝聚力。

设立"冰心文学奖",是他们弘扬中华文化,传承中华文明的一项重要举措。

著名作家冰心先生是福州才女,是福州人的骄傲。她那些闪烁着人性光辉、充满纯善大爱的作品,陶冶了中国几代读者的品格和情操。以这位可敬老人的名义,设立一项文学大奖,是海内外广大华人的心愿。

为了发展海内外华文文学创作,弘扬中华民族文化,促进东西方文化交流,"世界福州总会"挑起了这副重担。时任总会会长,热心于发展祖国文化及新闻事业的海外知名企业家张晓卿先生说:"虽然直接把一项文学活动接在手中,并且以国际性的范围大张旗鼓地开展起来,在乡亲团体中还没有过,但推动和维护中华文化的工作,是我们应尽的本分。本着民族共有的尊严和骄傲,我们愿意为此付出最大的努力！"

最大的努力获得了最大的成功。第一届"冰心文学奖"征集信息通过中国内地与港台地区，东南亚泰国、新加坡，以及澳州、欧洲和北美洲等地的中文报刊相继登载后，便在世界各地引起了热烈的呼应，应征稿件雪片般飞来。

第一届"冰心文学奖"从筹备、评审到揭晓，历时一年半之久，终于圆满结束，评选出一、二、三等奖各一名，佳作奖四名，分别由中国、加拿大、新加坡、马来西亚作家获得。

冰心先生称赞道："这是弘扬祖国文化的创举，是一件功德无量的好事。"

正是出于对这位世纪老作家的爱戴与崇敬，使我有幸成为这一届"冰心文学奖"七名获奖者之一，使我有缘同来自五洲四海的众多文学朋友相聚，使我与大家有了充分交流的机会。获奖本身的意义，已远远超出了文学范畴，升华为一种共同的对祖国、对民族、对文化、对文学的景仰与热爱了。

奇怪的是，在我与福州侨胞的相处中，他们对云南的认识，竟然是"滇池"，这个美丽的高原湖泊，从他们的交谈中娓娓道来，成了云南的代名词，这令我十分困惑。

隆重的颁奖典礼上，当我在掌声和闪光灯中，接过那尊沉甸甸的奖座时，我觉得同时也接过了一份重托，一份应致力于中华民族文化，致力于华文文学创作的期许。我很惭愧，我所做的实在是微不足道，更多的中国人都在关注着中华民族文化的传承与发展，关注着祖国的强盛，倾心投入到为国家富强，为民族振兴的努力奋斗中。

冰心先生的女儿吴青女士，一位开朗活跃的女性，一直致力于帮助中国农村妇女的工作，为维护普通劳动妇女的权益，为她们的生存而奔走呼吁。

"冰心文学奖"工委会主任，新加坡著名诗人、作家原甸先生，工委会十一位委员，为"冰心文学奖"的成功举办，付出了极大的心血。

还有我们的各位评委，我们的作家朋友，更多的后勤人员，以及海内外文化界、企业界的热情人士，以及我相识或不相识的众多人，都是在为着一个共同的目标而默默地做出奉献。

而这样的奉献，何止他们。

我在散文《父亲的故乡》中，写了我父亲他们那一代人。他们很年轻就来到云南边疆，宣传党的民族政策，传播文明文化，办学校，盖医院，修公路，建水电站，送医送药，救灾抢险，剿匪除害……他们将青春与热血，都奉献给了这片土地。当他们步入老年，回故乡寻根，以慰多年眷念之情、相思之苦，他们的儿女，却由于从小在他乡长大，从骨子里已经没有了"故乡"的概念，再难融进那个陌生的"父亲的故乡"了。

这篇作品正是反映了一种纠结心境，长辈们对故乡之爱的刻骨铭心，却不被生长在异国他乡的儿女所理解，而文学，正可以重新唤起孩子们的乡情、亲情、故土情……

漫步在泰国风光旖旎的海岸，我的眼前是烟波浩渺的大海，越过辽阔的安达曼海湾，是南太平洋浩瀚的海面。我的身后，是郁郁葱葱的热带丛林，浓浓的绿色，一直绵延到天边。

看着眼前深重的绿，不由想起冰心先生在她的《绿的歌》一文中，对家乡福建的描述："……那是有一年的冬天，我回我的故乡去，坐汽车从公路进入祖国的南疆，小车在层峦叠嶂中穿行，两旁是密密层层的参天绿树：苍绿的是松柏，翠绿的是竹子，中间还有许许多多不知名的、色调深浅不同的绿树，衬以遍地的萋萋芳草。'绿'把我包围起来了。我从惊喜而沉入恬静，静默地、欢悦地陶醉在这铺天盖地的绿色之中……"

没想到我竟然循着冰心先生《绿的歌》，来到福建。

从曼谷回昆明后不久，我应福建冰心文学研究会之邀，到冰心先生的祖籍福建长乐市，参加"冰心文学首届国际学术研讨会"。

到达那天正好遇到台风，迅猛的风势和豪横的雨势，让我这个从云南高原来的人，第一次见识了台风的威力和台风雨的暴烈。

从福建到长乐，依然大雨滂沱，小车成了一叶扁舟，从水上掠过。到了冰心文学馆，依然风大雨狂，与前来迎接的福建朋友近在咫尺，却无法下车。小车师傅将车挪到一角屋檐下，我们这才冒雨下车，急步冲进大门。

风停了，雨势渐弱，太阳出来了。

富有福建地方特色又大气温煦的冰心文学馆，伫立在阳光下。刚刚还漫上台阶的积水，也迅速退去，露出了花坛和草坪。花园石径也露出来了，几个小孩嬉戏着啪哒啪哒跑过，溅起大片水花。问积水为何退得这样快，王炳根先生说，这些水是活的呀，水从海里过来，又回海里去了……

冰心先生喜欢大海，她以海一般博大的胸怀和海一样深沉的爱心，用优美的文学，陶冶着一代代中国儿童。把纪念她老人家的文学馆建在这儿，足可见设计者的独具匠心了。

以冰心文学馆为主体，同时建成的还有一座方圆60多亩的文化公园，名为"爱心公园"。门厅前那座洁白的"冰心与孩子"的雕塑下，镌刻着"永远的爱心"几个大字，沿湖岸还立有一座座刻有冰心先生百句名言的碑石，在茵茵绿草中格外醒目。

这座位于市中心的爱心公园，是市民和孩子们喜爱的一片文化游乐之地。

我是第一次参加这样学术氛围很浓的研讨会，而我的自信来源于昆明呈贡。

呈贡在昆明东郊，濒临滇池，是昆明的鱼米之乡，现在是昆明市副中心，以鲜花种植和交易誉满天下。

1938年秋，日寇侵华，战火甚嚣，为保存中国教育实力和文化资源，清华、北大、南开三所大学内迁到昆明，组成了西南联合大学，大批学者、教授、学生，纷纷迁来。

冰心先生一家，也匆匆离开北平，先抵天津，从海路到上海，再转香港，又取道越南，从越南乘小火车沿滇越铁路进云南，最终到了昆明。

此时的昆明，虽是大后方，但同样阴云密布。

冰心先生一家在昆明螺峰街住了一段时间，由于日本飞机对昆明的频频轰炸，市民纷纷扶老携幼，到郊区躲避；云南大学、西南联大许多教授、学者也相继离开昆明城区，疏散到呈贡、蒙自等地。

冰心先生一家也搬到了呈贡。

初到呈贡，冰心先生一家住在一户农家，后又搬到呈贡的文庙。后来，经呈贡中学校长昌景光先生安排，冰心先生一家搬到一个小四合院。

这里原是呈贡斗南村华家守墓的房屋，称之"华氏墓庐"。

虽只是暂时的栖身之处，冰心先生却满心欢喜，并将"华氏墓庐"取谐音为"默庐"。

在这里，冰心先生写下了《默庐试笔》一文，赞美呈贡美丽的湖光山色，以此来怀念她"至爱苦恋的北平"。

冰心先生应邀在呈贡中学任教，她把对敌人的恨，对人民的爱，都倾注在教学上。

她为呈贡中学题写了"谨信弘毅"的校训，为呈贡中学写了校歌歌词："西山苍苍滇海长，绿原上面是家乡，师生济济聚一堂，切磋弦诵乐未央。谨信弘毅，校训莫忘。来日正多艰，任重道又远。努力奋发自强，为己造福，为民增光。"

当年冰心先生教过的学生，已是耄耋老人，他们常常聚在一起，回忆当年在冰心先生身边的校园生活。回忆冰心先生教的第一堂作文课："一座高山，一头耕牛，一幢大楼，一道门，一篇作文……"

如今呈贡冰心先生的"默庐"旧居，已成为人们拜访先生，缅怀先生的纪念地，受到精心保护。

在长乐，我还得到了一个意外的惊喜。

长乐太平港，是郑和船队下西洋前的停泊基地和计程起点，至今还保留着古码头和古船港。长乐的郑和纪念馆内，还陈列着郑和的宝船模型及各种航海文物。

郑和就来自云南滇池啊！

这个滇池边长大的孩子，走出滇池，走向大海，终于成为伟大的航海家，创下了七下西洋的壮举。

　　我在曼谷留下的困惑，在长乐找到了答案。

　　这就是我的1996年，它开启了我的文学之路，点燃了我的文学之梦，从此不离不弃，直至永远……

图说中国故事
小照片里的大变化

1997年7月1日，在北京工人体育馆举行的庆祝香港回归的集会和群众演出结束时，约18000人高举标语，形成"欢庆香港回归"的标语。

1997年10月,上海浦东国际机场一期工程全面开工建设。即将搬迁的村民在观看浦东机场第一航站楼打下第一根桩。

1997年,武汉武昌站的工作人员在向学生销售火车票,铁路引进了计算机售票配合算盘和手写同步进行。

倾听那一种声音

刘笑伟

1997年,我在中国人民解放军驻香港部队政治部任新闻干事。那一年最重大的历史事件,就是香港回归祖国。

在迎接香港回归的日子里,我经常能听到一种振奋人心的旋律——那是香港回归的脚步,近了,近了,更近了。

在迎接香港回归的日子里,给我留下最深印象的是"倒计时"这三个字。每天迈入办公大楼,第一眼就会看到巨大的倒计时牌,用跳动的、火红的大字提示着:今天距香港回归还有××天。

当时,驻香港部队制作了一批小纪念品,其中最有代表性的就是倒计时钟。这种制作精巧的时钟,放在床头上,每一天都在提醒着你:那个神圣的日子一天天接近了。每天清晨醒来,我仿佛可以听到倒计时钟分秒的跳动与香港回归的脚步交织在一起,升腾起一种让人血脉偾张的旋律。

倒计时牌上跳动的数字,激发了我的诗情,曾写下这样的句子:

从你不息的跳动里,我又看到燃烧的火。
火焰的手推动着沉重的黑暗。

星星的噪音又出现了,它们不停地闪动、歌唱,
在瞬间又转换成灿烂的朝霞。

你是长长的连线:一边连着最黑暗的日子,
一边连着最灿烂的时光;
你是一双深沉的手:一只手写满岁月的沧桑,
另一只手收获光辉的时刻。

倒计时牌:或许你仅仅是一种桥梁,
让我们的梦想和青春
穿过时光的河流,与记忆相会。

进入1997年,感觉每一天都充满了质感与温度,都充盈着神圣与庄严的色彩。即使多年之后,回眸依然那样清晰可触。

最难忘的是驻香港部队官兵的精神风貌。那个时候,官兵们是把神圣的使命刻在心头的。从一个侧面举个小例子:当时,官兵们

选择自己的手机号，都喜欢选择带有"1997""97"这样的数字。进入1997年后，为了适应进入香港后的环境，驻香港部队实行了严格的封闭式管理。官兵们没有工作需要，基本上不能外出，全身心地投入到进驻的准备工作中。训练非常刻苦，管理也特别严格，但官兵们没有一个叫苦叫累的。

最难忘的是祖国和人民对驻香港部队官兵的支持。在进驻香港之前，全国各地要求来部队慰问的特别多，几乎每天都可以接到这样的电话和信函。出于集中精力完成进驻准备的需要，驻军一般都会予以婉拒。但也有直接上门来的，而且不要宣传，放下慰问品就走，完全是发自内心的对驻军官兵的热爱与支持。记得当时深圳书城送给驻军官兵一些书籍，他们电话联系后，自己开车拉到驻香港部队办公楼门口。放下书之后二话不说，转身就走，怕的是耽误驻军官兵的时间。

1997年春节，河北人民广播电台的记者知道我是驻香港部队的一员后，专门找到我的家人，要求给家乡开个"绿灯"，在新春佳节来临之际，给家乡父老说几句祝福的话。因为是我父亲打来电话亲自交待的，我报告单位领导之后，也只好领受任务。由此可见，全国人民对驻香港部队的高度关注。令我感动的是，来自全国各地的人民，或来信，或寄赠诗词、书画作品，或打电话，表达着对香港回归的热切期盼，对这支肩负神圣使命部队的热爱。

难忘的还有海内外媒体对驻香港部队的关注。1997年7月1日之前，我的主要精力就是投入到来访记者的接待与协调采访工作。到驻香港部队采访审批的手续非常严格，尽管如此，记者们采访还是非常踊跃的。进入1997年，在上级的统一安排下，我们承担了大量接待记者的任务。印象中，我基本上陪同记者在招待所住，很少回自己的宿舍。记者的采访也非常投入，写出了不少反映驻香港部队精神风貌和感人事迹的稿件。值得一提的是，驻香港部队的几次开放活动，还邀请了部分香港媒体参加。香港媒体记者的敬业精神，给我留下了深刻的印象。

1997年刚刚到来，我们就迎来了一大批记者的采访，目的是报道驻香港部队公开亮相一周年。驻香港部队首次公开亮相，是在1996年1月。经过一年的建设，人们对这支部队是否具备了进驻香港履行使命的能力十分关注。

　　大量的协调工作，大量的资料准备工作——进入1997年后，我感觉时间都不够用，每天都在东奔西跑。尽管如此，我心里是充实的，每天晚上睡觉前都会想：哦，离那个神圣的时刻越来越近了。

　　制订计划，协调采访，准备资料，搞好接待。1997年的我，浑身仿佛有使不完的劲儿。

　　1997年1月17日，驻香港部队领导庄严地向新闻界宣布：过去一年来，驻香港部队在政治、军事、作风、纪律和后勤保障等各项建设中都取得了新的成绩和进步，从各方面做好充分准备，完全具备了进驻香港履行神圣使命的能力。

　　军旅作家苗长水、陈杰合著的长篇报告文学《往来香港的军车》，一开篇这样描写深圳皇岗口岸："春天的光辉照耀着闪闪发光的深圳河，早晨——这一天中最激动人心的时刻，深圳与香港相接的皇岗——落马洲口岸的灰黑色钢铁大桥，滚滚驰过的货柜车和私家车流，发出震撼大地的轰响。宽阔清澈的深圳河水在震颤着，轰响声不停地扑来，带着冲击，如同重磅炮弹在一声跟着一声地剧烈起爆，雷击而来，不停地破碎你寻求片刻安宁的梦想，激起你心中奔涌喧嚣的潮水……"

1997年的一个早晨，我也这样在春天的光辉里醒来，并且感受到"这一天中最激动人心的时刻"，倾听到香港回归的激动人心的脚步在心中敲响。

这一天是5月1日。这一天，驻香港部队官兵统一换上了新式军服。

因为有了新式军服，让我的1997年除了有紫荆花的芳香味道，还有激动人心的心跳声音。这种声音随着岁月的流逝，越来越震撼人心。

军服是部队精神最明显的外在体现，古往今来，没有哪一支部队不重视自己的军服，中国人民解放军也不例外。

军服不仅是军人的外在标志，体现国威军威，它还是构成军队战斗力的组成部

1997年5月1日，驻香港部队官兵换上97式军服。这是作者着新式军服的留影。

分,又与广大官兵的生活息息相关。回顾人民军队的历史,其军服的发展也经历着由简单到丰富、由简易到正规的过程。

1988年10月1日,解放军正式装备87式军服。驻香港部队的服装就是在87式军服的基础上研制生产的。

新一代服装主要设置了礼服、常服、作训服和工作服四个系列。具体分为礼服、春秋(夹克)常服、夏常服、毛(绒)衣、大衣、作训服、体能训练服及其配套的军鞋(靴)和服饰等部分,特别是增加了贝雷帽、毛(绒)衣、作战靴、绶带等品种。在号型设置上,参照国际服装号型标准,采取了不分官兵,上衣、裤子各成体系和在体型中分号型的方法,使年龄、身高、胖瘦不一的人员,各自都有适体的军服,标志着我军军服适体覆盖率上了一个新台阶。

新一代军装在这几个方面都作了重大改进:一是外衣、礼服的质地换成了毛料,衬衣用料改成了涤棉色织品,穿着美观、舒适、平整;二是款式新颖,设计考究,集中体现了挺括华美、庄重大方的特点;三是佩饰鲜明醒目,除军衔标志外,还有军种胸标、名牌、臂章和绶带等服饰标志,增强了军服的识别功能,也产生了很好的装饰和衬托效果，弥补了旧式军服佩饰单调的缺陷。作为驻港部队的一员，穿上这身军服，会从心底里产生一种荣誉感和使命感。

为了让驻香港部队在进驻前穿上合体的衣服，各级领导和军需生产部门的同志付出了巨大的心血和努力。可以这样说，首批驻香港部队官兵的军服，是一件一件量出来的。科研单位和生产厂家派人给官兵们逐个量体裁衣，反复征求意见，改进设计。大家都说，这身新军装不知凝聚着多少人的心血！我的97式军服就是量身定做的，所以尽管从香港到广州，从广州到北京，换了一个又一个单位，但那几身军服，我一直珍藏在衣柜里。

漫步在营区里，我看到某部二连一班长郭立祥兴致勃勃地穿上新一代军服。那浅绿色的衬衣、黑色的领带、浅黄带灰的军服再佩上银燕形状的军衔标志，显得那么得体和谐。小郭说："我们班十几个战士，都穿上了合体的军服。这几天连队简直像过年一样，人人都乐得合不拢嘴。"

说来也巧，在某部二连采访时，正好碰到该连炊事班长翁震的父亲翁同柱。这位从江苏扬州到深圳出差顺道来队探望儿子的父亲，听说部队换发了新式军装,要儿子穿上给他看看。经指导员同意,翁震换上了新军装,翁同柱眼睛顿时一亮,连声称赞:"真精神!太精神了!儿子,你简直像换了一个人啊!"老翁和身着新式军装的儿子合影留念,说:"等你们新式服装亮相后,我要把这张照片放大到12寸,挂在家中,让你母亲天天看。"

为了纪念这个时刻,我特意到深圳福田一个熟悉的照像馆,照了一张军装照。崭新的97式军服,青春洋溢的脸庞,写满自豪的眼

香港回归祖国、人民解放军进驻香港,受到全国人民的高度关注。图为1997年前后发行的部分纪念邮品。

神，永远定格在那个春天。

如今，这张照片就在我的相册里，让我可以看到自己26岁的青春是什么样子的。

1997年5月1日清晨，嘹亮的军号声唤醒了人民解放军驻香港部队的军营。官兵们穿着新式军装在营区的训练场上整齐列队，为晨曦辉映下的营区增添了一道独特的风景线。

正如驻香港部队领导在谈到新军服的意义时说的那样："我们穿上新一代服装，感到非常光荣和骄傲，这是党和人民对我们的厚爱，也是军委对我们的关心和重视。新一代军服首先在驻香港部队试穿，使我们进一步增强责任感、使命感，展示我军良好形象。穿上新军装之后更感到责任重大，我们一定要在7月1日顺利进驻香港，让五星红旗在香港上空高高飘扬。"

记忆是有色泽的。越是重大的历史事件，其色泽会随着岁月的流逝而更加光彩夺目。记忆也是有声音的。虽然已过去了二十多年，但1997年香港回归祖国的足音，依旧在我的耳边响起，铿锵有力，穿云裂石，仿佛穿透了所有的时间和空间。

图说中国故事
小照片里的大变化

1998年8月,在长江大堤九江城防堤,抗洪官兵们在封堵决口成功后加固大堤。

1998年,位于重庆沙坪坝区的杨公桥立交桥建成通车,当时为我国西南地区最大的立交桥。

1998年,河南省孟津,村民在春节期间走亲戚。

"我的兄弟姐妹不流泪"

王国平

　　文章题目是一句歌词，出自歌曲《为了谁》。这首歌跟1998年是焊接在一起的。这一年，洪水悬在中国人的头顶，试图浇灭那不断升腾的希望之火。中国人齐齐整整站出来，向洪水宣战。"惊心动魄""气壮山河""可歌可泣"这些大词，用起来是要考虑具体语境的，否则对不上，显得空荡荡，患上"用词不当"的毛病。而这些词用于九八抗洪，凡是亲历者必定觉得再贴切不过。这些词就是为这类事而存在，而具有了价值和灵气。"我的兄弟姐妹不流泪"是"你我一家"的亲切表达，也是一句规劝和叮咛。我劝你不流泪，是因为你有太多的泪要流，但还是希望你不要悲伤，好好坚强；其实，我劝你不流泪，我也在流泪。1998年，就这么跟泪水交织在一起。

　　水是柔的，柔软、柔顺，亦有柔情。与水相遇，人就清爽，有畅意，也就获得了灵性，犹如手持着生命打开的一张通行证。文字对水的描述，大多是轻盈、诗意的，就像舒缓、静谧的小夜曲。小溪边、泉眼边、江边、湖边、海边，历来是美好酝酿、诞生、升华的所在。只要是在水边，人都能激起一点诗家情怀。

　　可1998，水是那么的出其不意，将自己坚硬、刚烈、躁动的一面，囫囵个横在中国人的面前。

人都说，雨落是老天爷在流泪。1998年6月中旬至9月上旬，一分一秒手牵手，组合成那么漫长的时间，老天爷一直在哭，号啕大哭，肆无忌惮地大哭。

就在这个区间，"我国南方特别是长江流域及北方的嫩江、松花江流域出现历史上罕见的特大洪灾"。《改革开放四十年大事记》《中国共产党一百年大事记》中都是这么表述的。"罕见""特大"，太醒目了，是要扣上着重号的。

长江遭遇一次全流域性大洪水，先后出现八次洪峰，洞庭湖、鄱阳湖的水位长时间超过历史最高纪录。嫩江、松花江先后出现三次洪峰。珠江流域的西江和福建闽江也没有逃过大洪水的魔掌。湖北、湖南、江西、安徽、江苏、黑龙江、吉林、内蒙古等省（区）沿江沿湖的众多城市和广大农村，开门就眼见洪水张着大口，虎视眈眈，或者已然被攻陷。

这一年，全国共有29个省（区市）遭受不同程度的洪涝灾害。据统计，农田受灾面积2229万公顷，死亡4150人，倒塌房屋685

万间，直接经济损失 2551 亿元。

那么多人，想必都受到惊吓，睡不好一个安稳觉，或者说，他们根本找不到一张床躺下来睡个觉。

那么多人，生命因洪水而停止了心跳。他们是否来得及好好看看这个世界最后一眼？他们是不是都没有跟亲人好好道别？他们都有自己的名字。他们都是有家庭的。

我的家乡在江西九江，一个与水亲密接触、深情相拥的地方。鄱阳湖和长江在这里相遇，具体情景可在石钟山上亲见——对的，就是苏轼写的《石钟山记》那个地方。这里建有清浊亭，"可观鄱阳湖、长江清赤两水交汇数千米奇景"。大江、大湖，是九江的门面，还是王牌与底气。1998，大江、大湖，给九江送来一场大考。

这一年，九江的受灾人口是 348.25 万，33.627 万间房屋倒塌，4107 处水利工程设施遭到损坏，公路中断 218 条次，中断供电 74 条次，13797 个工矿企业被迫停产和半停产。

这些数字，都来自九江九八抗洪展陈馆。数字是冷的，但数字背后站着人，都有人的体温、人的呼吸、人的念想。那么多轰然倒下的房屋，都是人建起来的，原本还是人住着的。面对一片废墟、一片狼藉，活着的人是什么心情？

　　我家住在村里的一个高台上，视野很好，站在院子里，放眼望去，远处就是一个池塘。"池塘边的榕树上，知了在声声叫着夏天"，岁月静好，世界美妙。池塘的右边是一片稻田，种植着父老乡亲的口粮，"稻花香里说丰年"，一条堤坝护卫着这片稻田的安全。这次，水势太凶猛，堤坝扛不住了，被冲开一个大口，洪水奔涌而至……我当时想起了李白的那句诗，"黄河之水天上来"，这有点太不合时宜了，环境不对，意境也错乱了。可洪水滔滔，就要把这一片天空都给吞咽了，小池塘可怜巴巴，全面沦陷。池塘边住着人家，眼见墙就给冲垮了。墙倒下了，奔向一汪漫无边际的浊水，闷声投降。

　　都说"墙倒众人推"，说的是墙倒了，众人跟着推。众人是没法推倒墙的。水，却可以。

　　"天啊！"我的身边传来惊吓声。

　　"天啊！"紧接着的这一声，已经带着哭腔了。

　　这是当年九江被冲毁的17836座塘堰坝中的一座。

还有，那么多条道路断了，人活动不开，生活物资也无法流通，人吃什么？用什么呢？供电中断了，人怎么过日子？还是个大夏天。

真正的苦难，眼泪怎么装得下？

洪灾是苦难，是大自然毫无节制的疯狂，人类跟着遭殃。大自然的苦难，人类又是参与者。大自然的苦难就像是一间房子，是一寸一寸建造起来的，人不时递一块砖、送一片瓦，甚至自己直接上手设计、动工，打地基，砌墙，粉刷，卖力得很。哪知道这次遭遇反噬，被这座倒下的房子压在墙角。

人和自己身在其中的大自然，当如何相处？1998，是一堂大课。人在接受大自然残酷的血与泪的教育，人也在接受人的温情与刚毅的教育。

人的韧性，令人惊诧。

洪水向人发起进攻，洪水之上，立着的，还是人。

感觉那时候全中国的人都到九江来了。

有的人本来就在这里。这里是家乡，保卫家乡是天职。泪水来不及擦干，他们就开展自救，向洪水争夺鲜活的生命，争抢烟火生活的家园。

　　有的人千里迢迢赶来了。解放军战士、武警官兵、医生、记者、摄影师、货车司机，还有志愿者，扛沙袋，送物资……他们是血肉之躯，他们站在一起就是钢铁长城。

　　有的人是心到了。我就收到过村里发放的衣物，新的没有拆外包装，旧的也洗得干干净净，还在衣物的口袋里发现过信件，言辞温暖，加油打气，竟然随信还附了一笔零钱。1999年，我到北京上大学，不少同学听说我来自九江，都有很多话要说。他们在前一年捐过衣服，捐过压岁钱，写过信，"九江"二字已经刻印在他们脑海里了。他们人在远方，他们也在身边。

　　我家门口的那座堤坝决口了，一列军人出现了，他们要扼住洪水的咽喉。路已经毁了，他们不知从哪里徒步而来，冒着雨，没日没夜地灌沙袋，堵缺口，加固堤坝。我不曾近前，只是远远地看。那时我正好步入高三，处在学习生涯的一个重要决战时刻，复习的间隙，看他们模糊的身影几乎成为另一门"必修课"。尽管看的只是远处的影影绰绰，内心却得到最大的慰藉。有他们在，我的家等于多了一道屏障；有他们在，我和同学总算有了一张安稳的书桌。

后来，听家人说，这一群人是多么的不一样。他们就是铁打的，雨不歇，他们就不歇，执意要与之"短兵相接"。雨稍稍歇息一阵，他们还是不歇，抢跑在时间的前边，尽量把修整好的堤坝照顾得稳妥一些。他们似乎还有点"不近人情"。家里的乡亲怀有很朴素的想法：你们这些年轻的孩子是救人来了，又这么辛苦，不表示一点意思怎么过得去？于是，今天有人煮好鸡蛋，明天有人端来几个水果，设法送来一点好吃的，让这些兵娃娃们有个好胃口，补充点营养。结果得到的回复是"不允许""不可以""不行"。邻居大婶不禁抹着泪，感慨"这是一些什么人"，似有怨气，其实是心潮感怀。

这世上的人啊！

关于九八抗洪，有一张经典照片，题为《将军的眼泪》。洪水的咽喉真的给卡住了，危险卸除，日子开始步入常态，战士们班师回程。在九江火车站，时任南京军区副司令员、九江段抗洪前线总指挥的董万瑞将军，来为自己的兵送别。站台上，那么多人，那么拥挤，那么喧闹，将军的神色凝重，刀刻般的脸庞，泪水蓄满双眼，左

1998年9月20日，董万瑞将军满含热泪与抗洪子弟兵道别。

手有力地举起。静水流深。

多好的人！将军在心里念叨这些可爱的孩子们。

多好的人！我们在心里，致敬这些将士，这些最可爱的人。

董万瑞将军抗洪，上阵"父子兵"。同是军人，他的儿子也在同一个大堤上投身战斗。这么一个时刻，这么一个地方，他跟自己的孩子说过什么？想起父亲坐镇指挥封堵决口五个昼夜，儿子内心是什么样的牵挂？父与子同在前线，既是母亲又是妻子的那个她，心里会有什么起伏？

大灾面前，有着亲情的重量。

家门口倒下的堤坝，阻断了我大姐与娘家的联系。她嫁到一个叫郑家咀的村子，回娘家走的就是这座堤坝。郑家咀村临湖，堤坝倒了，整个村子"宛在水中央"。那时她刚成立小家庭，当年颗粒无收，养着孩子，正好又怀着一个，日子过得紧巴巴的。那时没有电话，更不用说手机了，音信全无。父亲算着日子，心里清亮：大闺女家眼看着就要没米下锅了。家里多少有些存粮，得给这家子匀一点。

父亲不知道从哪里找来一条小木船，他装好一点米，自己摇橹，将粮食送给大闺女。他的腿脚本来就不方便，平时也不在船上谋营生，水势又把不准，谁知道哪里藏着一个浪头，就要劈头盖脸轰上来。这一趟，按说危险系数不低。父亲是心细的人，自然知道此行的难。他还是上路了。汪洋中的一条船，船上一个瘦弱而精干的背影。船很慢，很小心，探路而行，但不怯。船很稳，跟人的心情合拍，明白自己的使命是什么。不知道大姐当时拿到这一小袋粮食的时候是什么感觉。记得 2022 年 9 月，父亲永远离开了我们，大姐还说起这个事，泪水兀自在流，停不下来。一小袋米，刻在我们兄弟姐妹的心里。

大姐当时怀着的孩子，就出生在 1998。如今，我的这个外甥在北京读书，航空航天专业，推免保送，硕博连读。洪水成灾年份出生的孩子，正在探求广袤天空的秘密。

他的名字叫志强。

1998，一个泪水浇灌、泪水丰盈的年份，惊恐的泪、无助的泪，也是温暖的泪、幸福的泪。有部电影叫《莫斯科不相信眼泪》。是的，不相信眼泪，但我们能相信爱，相信大家，相信自己，相信未来。

图说中国故事
小照片里的大变化

1999年10月1日,庆祝中华人民共和国成立50周年大会,在北京天安门广场隆重举行。

一只苹果的故事

梅 洁

岁月总是这样匆匆地走过，一切离去的都将沉入记忆的河床。然而，时光的沧桑和流逝却总也割不断我悠远的情思和对一只苹果的守望。

那是一个盛大的国庆之日。我和阿敏所在的腰鼓队已以最好的舞步走进了会场，我看见工人、农民、学生、街道居民都排着整齐的方队，举着纸花、打着红旗或抬着工农兵勇往直前的模型，潮水般涌进了汉江边那块偌大的运动场。鄂西北人不叫"运动场"，叫它"操场"。在这块古老的运动场地，每年"十一"都光荣地接纳着数万人的庆典。

我是鄂西北一所师范附小的少先队大队长，我没有顾上吃早餐就跑到学校帮助老师组织腰鼓队入场，天气很好，欢乐如灿烂的阳光。然而快到中午时，我感到又渴又饿。就在这时，同班同学阿敏变戏法似的拿出了一只又大又红的果子，我从来没有见过这样鲜亮无比的水果，它在阳光下闪闪发光，发出的味道蜜甜清香。我真想问阿敏这是一只什么果子，可我知道阿敏是个骄傲优越的女孩，她的父亲是一所中学的领导，虽然我们住一个院子，但阿敏很少和我一起玩。

自尊使我始终没有开口，但我知道我望着阿敏手中的果子时，目光里充满了羡慕和馋涎。

天气越来越热，我望着阿敏手中的果子竟已忘记了饥渴。大约阿敏已忍受不了干渴便吃起了这只水果，随着阿敏的"咔哧"一声，我的心抽搐了起来——阿敏为什么要吃掉这么神奇美丽的果子呢？如果我有这样一只果子，我会十天八天舍不得吃的。我背对阿敏不再看她，但听着阿敏吃果子的声音我感到心很疼，很可惜。

庆典大会一结束我便回家问父亲："爸爸，阿敏有这么大一只果子……"我几乎张开整个双臂向父亲比划阿敏的果子有多大，"那是什么水果呢，爸爸？"爸爸在弄清了我的意思后笑着说："那是苹果，北方才产那种水果。阿敏的父母是河北人，可能是老家那边什么人捎来的吧。"我问父亲："我们家什么时候能有那样的苹果？"父亲望着我急切渴望的眼神想了想说："明年国庆节前我可能到北京参加体操比赛，到时候我从北京给你们买。"望着英气勃勃的父亲我高兴极了，我非常感激亲爱的父亲给了我一个鲜艳无比的苹果的承诺。

父亲是鄂西北五十年代独一无二的国家健将级运动员。一年四季总是身着白色体操运动服的父亲，是我心中永远的偶像。就在那个国庆节的夜晚我做了一个鲜红鲜红的梦——我梦见一大片红光笼罩着我，爸爸买回的苹果又大又亮，像天安门城楼上的大红灯笼一样。我抱着灯笼，又好像是大红苹果又跑又叫……

我没去过北京，更没见过天安门城楼上的大红灯笼。我只是在我的小学语文课本上见过一幅天安门城楼的彩色照片。我想，苹果、北京、国庆节、天安门、大红灯笼，这些世界上美丽的物象都在那个国庆节的夜晚一股脑儿走进了我童年的梦乡。以后的日子里，我又好几次做这样的梦。我想，我是天天在盼来年的国庆节了。

灾难突然降临了。第二年春节刚过（1958年春天），父亲就被打成了右派。一天晚上，父亲抚摸着我的头，用很低的声音对我说："对不起，爸爸以后恐怕再也不能到北京给你买苹果了……"我抬起头望着父亲，伤心地哭了。许多年过去，我都无法忘记父亲那忧伤的目光。从那天起我便知道，一个鲜红无比的苹果的梦永远地破灭了。不久，父母弟妹都被遣送到秦巴山东麓的乡下，我也在父母走后便离开了故乡……

二十多年后，即1979年中秋，已经在塞外工作和生儿育女的我突然收到父亲的一封长信，父亲在信中对我说，他已回到了他魂牵梦绕的学校，他说他的问题已得到平反。

接到父亲的信我哭了一个晚上。第二天我即到供销社买了5斤苹果，缝了一个布袋，到邮局给父亲捎苹果，我想以此表达对父亲"新生"的祝贺——很难说清几十年前的那个关于苹果的"事件"何以化作了我心灵深处的一个情结，总是不失时机地呼之欲出。然而邮局拒绝了我，一会儿说我包装不行，一会儿又说苹果不允许邮寄。我好说歹说，答应把布袋改为纸箱或木箱，邮局依然不让邮寄。我想来想去，便到百货公司给父亲买了一身绒衣绒裤，在缝包裹时我把一只又红又大的苹果偷偷缝在了绒衣绒裤中间，寄包裹时终于顺利避开了邮局的检查。包裹寄出的当天，我就开始牵肠挂肚地操心那只苹果，我生怕出什么偏差父亲收不到包裹。

国庆节过去十几天之后我收到了父亲的回信，打开父亲的信我看见了泪水如何在一个苦难者心里滚滚流淌，因为我发现信纸上的许多字迹因被泪水洇染而变得模糊。父亲说，国庆节前一天他收到了我的包裹。他还说国庆节那天他把那只苹果洗干净放在盘里,然后在领袖像前摆了整整一天。父亲在信中写道:"你小时候爸爸答应给你到北京买苹果的,现在你自己圆了这个梦,也为爸爸圆了……"

就在那年冬天,一个大雪纷飞的夜里,苦难的父亲带着他一生的伤疼和迷惘离开了这个他热爱过、伤心过的世界。鄂西北很少下雪,可父亲去世时大雪纷纷扬扬下了三天……

转眼又是二十年,1999年,中华人民共和国成立50周年。在我生活工作的塞外,在山城周边的土地上,到处都种满了苹果,我还听说在鄂西北故乡也引进了苹果;现在我和家人不仅一年消费一二百斤苹果,就是苹果的品种我都能叫出十几种。每年春天果树开花的季节,塞外成千上万亩苹果、葡萄、海棠、山楂、梨树硬是把果花开成了一个喧闹的花的海洋。这些年北京人开着大车小车到塞外看水果花已成为一道亮丽的风景;而每年的国庆节放假,他们又开着大车小车举家到塞外的果园自买自摘各种水果,那实在又是一番生活的畅想。

然而，无论这个世界现在和将来有多少苹果，也无论时光和岁月怎样无限和苍茫，童年的那个节日和一只苹果的忧伤，将永远成为我生命的守望。

图说中国故事
小照片里的大变化

2000年，圆明园猴首、牛首、虎首铜像回归祖国。

2000年,全国掀起"考研热"。图为武汉街头的考研培训广告。

2000年,辽宁大连一所学校里的电脑教室。

在2000年种下一颗光影的种子

葛 竞

有人说，2000年是二十世纪的最后一年；有人说，2000年是二十世纪的第一年。

2000年1月1日，钟声敲响，世界迎来了一个新的世纪，也是一个新的千年。

在人们心中，这是一个转变的时刻，难免有人会为此忐忑不安，有关于"千年虫"的担忧，甚至还有世界末日即将到来的谣言。

也就是在这一年，一颗光影的种子在我心里悄悄种下了。

2000年，对于我来讲是有着特殊意义的一年。

这一年，我从北京电影学院毕业，留校成为了一名高校教师，在动画学院教动画编剧。

说起留校的契机，跟中国动画发展历程一个重要的时间点密切相关，恰恰是2000年，北京电影学院和中国传媒大学都建立了自己的动画学院，专门培养动画相关的人才，正在为师资招兵买马。

我刚刚从电影学院的文学系毕业，学习的是编剧专业。和其他毕业生不一样的地方，是我之前丰富的创作经历，尤其是在儿童文学领域，从九岁发表第一篇作品，到十二岁出版自己的第一本书，大学时代的我已经出版了好几本书，加入了中国作家协会。但动画创作对我来说还有些陌生，更多的是看到爸爸创作的动画片，作为一名知名儿童文学作家，他的童话《蓝皮鼠和大脸猫》《小糊涂神》《小精灵灰豆》都被改编成了动画系列片，在中央电视台播出，广受欢迎。我的很多同学和朋友都是大脸猫的粉丝，我很羡慕爸爸，也期待着有一天自己写的故事能有机会登上银屏。

也许就是从那时起，走进动画创作领域，对我似乎是一个命中注定，天时地利人和的缘分。

2000 年，中国的大银幕上还鲜见中国动画的身影，正在火热地播放着美国大片《泰坦尼克号》。刚刚在 1999 年上映的动画片《宝莲灯》是为数不多的国产动画，也收获了很多中国小观众的喜爱。

从童年时代开始，我就非常喜欢看动画片，《雪孩子》《小蝌蚪找妈妈》《黑猫警长》，都让我着迷；也有很多外国动画像《蓝精灵》《花仙子》《哆啦A梦》，让我大开眼界。动画片里充满想象力和动感的画面，个性鲜明的人物，和各种儿童图书一样，是陪伴我一路成长的心灵伙伴。对于已经开始写作的我，看动画还有一个不一样的目的，就是为自己的创作激发灵感。比如《哆啦A梦》，讲述来自未来的小机器人机器猫通过神奇的道具解决主人公生活中的麻烦，满足他天马行空的愿望，发生了许多好玩的故事。我很喜欢这种发生在现实生活中的童话。后来我创作的第一本魔幻小说《魔法学校》，就是写学校里发生的神奇的事，那些会魔法的老师就来自我的生活，还有那些性格各异、与众不同的同学，好玩新奇的魔法课程，都是我在生活中的小小愿望，通过写作，我把他们通通变成了现实。这种梦想成真的感觉真是奇妙。

动画不仅有奇妙的想象力，也传递出温暖的情感。

动画片里的人物就像我的好朋友，《雪孩子》里那个雪白憨厚的小雪人是让我印象最深刻的角色。

冰天雪地中，兔妈妈堆了个雪孩子，陪伴小白兔。妈妈离开后，火烧着了小白兔的房子，雪孩子闯进火海救出小白兔，而自己却融化了。在阳光照耀下，水变成蒸汽，幻化成雪孩子模样的云朵，升上了天空。看到这里，我和小白兔一起掉眼泪，我也想写出这样动人唯美的故事。

我觉得动画跟文学很不一样。文学通过文字让读者一起发挥想象,动画片则会把形象非常直观具体地呈现出来,比如说那个可爱的雪孩子、智慧英俊的黑猫警长,这是动画特有的魅力,把很多故事中的形象都展现出来。记得那个时候,日记本当中有我写的各种小故事,我也会常给自己的作品画插图,把我想象出来的一些形象画出来,就像自己制作一部漫画或是动画片。

进入大学之后,在大学一年级,我就幸运地创作了自己第一部动画系列片,由北京电视台动画部拍摄。动画片的名字叫《京娃儿与兔儿爷》。京娃儿是北京小男孩儿,而兔儿爷是庙会上卖的老玩具,也是富于北京特色的小神仙。京娃儿活泼伶俐,爱动脑筋,心直口快。兔儿爷还是个大孩子,爱说笑话,乐于关心和帮助别人,与京娃儿是好朋友。故事围绕京娃儿和坏家伙吞吞大怪之间的斗争展开,京娃儿他们表现出团结友爱、机智勇敢。这部动画片的环境和道具都来源于中国传统文化,如布老虎、风筝、竹蜻蜓、不倒翁、抖空竹、猜灯迷、窗花剪纸、吹糖人,等等。那个时候,电视屏幕上更多的是国外的动画片,所以这部影片显得特别与众不同。这部动画片寄托了我这个北京女孩对故乡特有的情感,把我很多很熟悉的细节都写了进去,兔儿爷是我小的时候爸爸妈妈曾经送给我的礼物,各种传统玩具是我童年的玩伴。一年之后,当动画片播出的时候,看到自己的故事以影片的方式呈现出来,那种感受既新奇又欣喜,那个时候我才二十岁,还是个大学生,这样的一个创作经历对我来讲,是一个契机,正是从那一刻,我跟动画创作紧紧连接在了一起。

2000年,北京电影学院动画学院建立,招收动画剧本创作老师,我的儿童文学创作的经历,在电影学院学习编剧和动画导演的经历,恰好能和这样的专业需求匹配上,让我转变身份,留校成为了一名大学老师。

从这时候开始,文学创作和动画剧本创作就成为我创作的两个最重要的部分。我的儿童奇幻小说《猫眼小子包达达》被中央电视台改编成了动画电视系列片,我也有机会参与到一些国际合作的动画创作项目中。

2017年,我参加了中国和新西兰合拍的第一部动画电影《直立象传说》,这部电影入围第93届奥斯卡最佳动画长片,获得"金海豚奖"最佳动画电影、新西兰中国电影节最佳动画片奖、亚太电影节最佳动画电影奖提名奖。在创作这部作品的过程中，我能特别强烈地感受到，动画讲述故事不光是用情节和人物的对话，更要用图像去表达丰富的内容。在剧情当中，主人公桃栗象和族群匍匐在地，像牛和马一样生活，主人公向往传说中能像人类一样站立行走，成为拥有双手的直立象。他通过一番冒险改变了自己的命运，最终长出了双手，能拥抱自己的同伴，阻挡敌人的进攻。当他站立起来的时候，身材变得高大起来，超越对手成为了一个顶天立地的英雄，拥有了活着的尊严。这个站立的姿态，也让敌人敬畏主人公的勇气和内心的能量。这就是动画特有的魅力，用图像去引发观众更加多元化的想象和思考。

2023年我编剧的动画电影《棉花糖和云朵妈妈1·宝贝"芯"计划》也上映了，作为亲子共赏的电影需要同时吸引孩子和家长。这部影片希望塑造当代的中国儿童形象，讲述当代中国家庭的故事与亲情关系，是孩子们十分感兴趣，也特别渴望看到的。故事讲述了可爱的小女孩棉花糖和妈妈云朵的携手追梦故事。棉花糖聪明勇敢，想象力丰富，视野开阔，她的梦想有满满的科技感——当机器人科学家。这些闪光点就取材自当代的中国孩子，也呼应这个时代的脉搏，同时，指向了中国充满活力和希望的未来。云朵妈妈身兼数职，她是温柔的妻子、体贴的妈妈、孝顺的女儿，内心还埋藏着对个人梦想的追寻。在云朵妈妈忙碌的身影之中，透出她对家庭的深爱、对孩子的理解。故事中体现着中国家庭彼此支持、共同成长的动人情感。家和万事兴，这句话蕴含着中国人的家庭哲学。家人之间的爱支持着一个个幸福的家庭，一个个家庭构成了我们和谐的社会。这部作品不仅是为孩子创作的，也是献给一个个家庭的，孩子从中得到成长的智慧与力量，家长也能体会到亲人间的互相理解与爱。

　　回顾我的成长和创作历程，和中国动画的发展历程有着某种奇妙的同步。儿时，我是中国动画的小观众，上海美术电影制片厂拍摄出了许多兼具艺术性和娱乐性，以及教育意义的动画影片，不仅在国际上屡获殊荣，也让那一代的中国小观众有了高质量的精神食粮与审美养料，比如水墨动画《小蝌蚪找妈妈》《牧笛》《山水情》，等等。这些动画片篇幅很短，但是意蕴深厚，有着很高的艺术水准。到了二十世纪九十年代，电视上开始有了中国原创的长篇动画片，像《大头儿子和小头爸爸》《蓝皮鼠和大脸猫》《西游记》等影片，片中的经典形象成为陪伴孩子们成长的伙伴。而从2000年开始，伴随着高校设立动画专业，各地的动漫园区拔地而起，许多动漫奖项和动画节的设立，新一代的动画创作者开始成长起来了，对于国产动画片更加认可、更有感情的小观众们越来越多。2015年，动画电影《西游记之大圣归来》横空出世，其具有的票房号召力和影响力让国产动画电影"出圈了"。动画电影不再是儿童观众专享，更多年龄层次的观众都爱上了国产动画。到了2019年，更出现了票房超过50亿的动画电影《哪吒之魔童降世》，进入中国影史票房榜前五名。这些年，我们常会看到许多不同类型的动画，如科幻题材的《三体》，现实生活题材的《雄狮少年》，历史题材的《长安三万里》……动画片的观众早就不再限于孩子，而是深受各年龄层观众的喜爱。

这样可喜的成果，不仅仅限于动画。我们看到中国的影视产业以及整个文化产业都在蓬勃发展。这其中有我们中国的艺术创作者的努力，更有赖于中国观众对于中国原创作品的认可和喜爱，对于中国文化的心向往之。

　　不知不觉，现在已经到了2023年，距离2000年已经过去了二十几年。在这漫长的时光中，我自己经历了一个创作上的巨大转变。2000年，我是一个喜欢写童话、写魔幻小说的年轻创作者，刚刚开始尝试创作动画，那时候，中国原创动画电影所呈现出来的面貌还比较单一。二十多年过去了，我们的动画有了翻天覆地的变化，中国的孩子可以在屏幕上看到更多我们原创的动画作品。2023年的暑期档，我们看到许多中国动画和电影火爆上映，打败了美国大片，成为了从票房和影响力上都更加获得观众认可的作品。也恰恰是这二十年，我不再只是一位创作者，成为高校动画专业的教师后，我一直在从事培养动画创作者的教育工作。在这样的一个过程中，我感受到一种责任感，不仅仅是承前启后，更是对长江后浪推前浪的期盼。现在的年轻创作者对于中国的传统文化有更加浓厚的感情，对于中国的未来也有着更坚定的信心，这在他们创作的作品当中都有所体现。就像动画电影《长安三万里》，观众的热烈反响不仅体现出中国人对中华文化的自豪，更体现出中国文学和艺术以现代影视形式呈现的一种新的传承与发展。

2000年，我们站在世纪边缘，回首过去，展望未来，对未来有着无限的憧憬。时光飞逝，我们的很多梦想都在这二十年当中一一实现了，在2000年种下的那颗光影的种子，正在生根发芽，茁壮成长。

眺望今后的二十年，我满怀信心，相信无论是中国的文学创作还是动画创作，都会结出更加丰硕的果实。那将是中国的艺术创作者攀登的一个又一个创作高峰，也是中华文化不断繁盛的大趋势，相信中国的读者与观众们也会享受到更加营养丰富、内涵深刻、情感饱满的艺术作品。

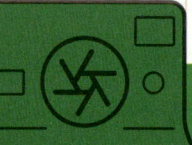

图说中国故事
小照片里的大变化

2001年2月19日,国家科学技术奖励大会在北京人民大会堂隆重举行,表彰为我国科学技术事业作出突出贡献的科技人员。

2001年7月13日,人们在北京中华世纪坛参加盛大欢庆活动,庆祝北京成功申办2008年奥运会。

2001年10月21日,亚太经合组织(APEC)第九次领导人非正式会议在上海召开。图为上海黄浦江沿岸燃放烟火。

2001年12月11日,中国成为世界贸易组织(WTO)第143个成员。图为市民们在书店内阅读相关书籍。

国宝

马昇嘉

历史铭记住了这一天。

公元2001年11月12日,昆山历史上第一座美术馆——昆仑堂美术馆正式落成,举行隆重的开馆仪式。时任国家文化部部长孙家正发来贺信,日本明仁天皇次子秋筱宫文仁亲王、日本国原总理大臣宫泽喜一也分别来信致贺,海内外宾客200多人云集在昆仑堂美术馆,共同见证这一激动人心的时刻。

昆仑堂美术馆藏有300多幅唐、宋、元、明、清及近代名家书画,系旅日华侨朱福元、方韦夫妇捐赠予昆山市人民政府。我因工作关系,参与了昆仑堂美术馆的筹建、开馆工作,有幸与两位可亲可敬的老人有了多年交往,他们对待家乡、对待祖国的拳拳之心,对待亲朋好友的真诚之心,对待儿孙辈的挚爱之情,夫妇间的笃爱深情……给我留下了深刻印象,每每想起,便会使我为之动容,慨叹不已!

一

上世纪五十年代初期，迫于生计，朱福元夫妇带着幼小的儿子离开家乡昆山，辗转香港前往日本谋生。战后的东京，满目疮痍，民不聊生。初来乍到，人地生疏，语言不通，面对此情此景，夫妇俩不禁顿生惘然。然而，退缩绝无生路。他们摆地摊，做勤杂工……常常至深夜才回到6平方米的小阁楼歇息。夫妇俩节衣缩食，患难与共，经历了常人难以想象的磨难，终于积起了一点钱，在东京偏僻地段，办起了一家小面馆。"酒香不怕巷子深"，他们凭着一碗鲜美的"昆山白汤鸭面"，在东京打开了市面。随着经营情况的好转，面馆办成了面饭馆，供应中国特色菜肴：酱汁肉、卤鸭、腌笃鲜……日本人也喜欢中国菜。几年下来积累了一定资本，夫妇俩便创办了一个较大规模的中国料理店——赤坂饭店。

赤坂饭店以其美味、独特的菜肴，更以朱福元夫妇诚实守信，热忱待客而享誉东京，许多日本政要和皇室人员都慕名前往品尝中国料理，有时干脆把皇室会议也放到赤坂饭店来开。赤坂饭店人气旺盛，事业在不断拓展，开到了东京、名古屋，以及美国洛杉矶、夏威夷等地，鼎盛时期拥有16家饭店。

朱福元成了老板，拥有万贯资产，然而他没有停下歇息，数十年如一日，每天清晨4点起床，亲自上市场买菜，年逾八旬仍然天天如此。太太掌管总店，迎来送往，端菜洗碗，样样都做。他们上下班乘坐的是地铁列车，家里住的是普通公寓。不是舍不得花钱，而是辛苦赚来的钱，另有所用。

二

朱福元家学渊源，父亲爱好书法，亦精金石，祖父专事收藏字画。小时候，每逢大伏天，朱福元帮助祖父把大木箱子里的古代字画，一件一件拿出来，放在室外晾晒，并聆听祖父讲解。

一次，他好奇地问祖父，怎么没有宋、元作品？祖父瞪了他一眼，说："小孩子说话轻飘，宋、元字画哪里觅得到？"从此朱福元小小年纪便暗暗立下志向："我将来长大了一定要收藏宋、元字画！"如今有了钱，夙愿未能忘怀。经商之余，朱先生在日本、东南亚搜集流失在海外的中国历代字画。有时为了辨析一幅字画的真伪，他跪伏在地，手拿放大镜，一看就是二三个钟点，膝盖青肿，腰背酸痛却浑然不顾。

功夫不负有心人，朱先生收到一幅宋代崔白的《雌鸡养雏图》。著名画家刘海粟赴东京，在赤坂饭店见到此画赞不绝口，但也不无遗憾地说："雌鸡还得雄鸡相配啊！"是的，朱先生何尝不是这样想的。然而，茫茫大千世界，悠悠千年历史，何处能觅得雄鸡图呢？苍天不负苦心人，朱先生的朋友在书画市场发现了崔白的雄鸡图，不懂真伪，急忙打电话给朱先生。朱先生赶去一看，心中大喜，果然是崔白的《雄鸡傲睨图》。

又有一次，朱先生在香港看到一幅吴昌硕的6尺《松石图》，顿时两眼放光，这可是"吴王"啊！他问多少钱，老板见他一支雪茄烟抽了半支，装进烟盒，料想不是买画人。可是，朱先生下午又去了，老板说，你诚心要，原价给你。朱先生说，不，得加上利息。于是，朱先生花了几十万日元买下了《松石图》。回返东京的飞机上，一个识货的日本人看到《松石图》，要出二百万买下，朱先生不卖。日本人软磨硬缠一再加码，愿出五百万，他还是不卖。日本人无奈，只得留下电话号码，说是什么时候想卖了就卖给他。他不知道，朱先生是决不做字画生意的。

  值得一提的是，所有藏画中朱先生最钟爱的是一幅《不贪为宝图》，画面一只大梨，梨上有一瘦削小鸟，张嘴鸣叫，似在呼唤同伴，共享美食。有朋友劝说，此画寥寥几笔，构图简单，不值得收藏。但朱先生喜欢，作品蕴含深意，画家巧妙运用"梨"、"利"谐音，赞美了置身于利而不贪的超然精神。朱先生买下了，将其拍成照片，分送给亲朋好友和中国留学生，告诉人们为人处世要诚实本分、不贪名利。朱先生一生俭朴，不沾烟酒，不涉足赌场、舞场，不购买股票、彩票，他说不经过自己劳动所得，绝对不能要。这是朱先生的思想境界，也是他毕生倾慕和身体力行的高尚品格。

数十年的辛勤劳作，数十年的汗水心血，换来了数百幅中国自唐以来的历代字画，这些字画都是祖国的艺术瑰宝，有的甚至是稀世珍品。

三

上个世纪八十年代，朱先生萌生了一个念头，要把这批字画运回中国，捐赠给家乡。此举，得到太太全力支持。方韦女士系名门闺秀，祖父方还是近代著名教育家，曾任北京女子师范学校校长，她本人毕业于上海震旦大学，聪慧睿智，知书达理。她觉得这批字画如若留给子女有百害而无一利，他们可以不求上进，不劳而获，没钱了，就去卖掉一幅，卖掉一幅……最终把子孙都给毁了。

1982年，阔别故土三十年后，朱福元先生携太太方韦女士第一次回到昆山。踏上故乡的土地，夫妇俩百感交集，变化中的家乡令他们感到高兴，然而家乡的贫穷也令他们寝食不安。当时县政府正在建造全县第一幢宾馆大楼,朱先生当即从香港购置20台空调,赠与昆山政府,表达一名游子对家乡的一份心意。尔后,经过多次返乡省亲,他们目睹在改革开放政策感召下,家乡面貌发生了巨大变化,走出了一条令世人瞩目的"昆山之路"。终于,在1997年重回故里时,朱先生向昆山的文化人吐露了蕴藏多年的心声。市领导告诉朱先生:"相信我们一定会收藏好利用好这批字画,如果哪天您觉得我们保存不了,随时随地可以全部收回。"家乡领导朴实无华的语言,家乡文化人真挚实在的情感,家乡建设日新月异的变化,深深打动了朱先生,夫妇俩决定将多年的心愿付诸现实,把300幅字画捐赠给家乡昆山。

回到东京,朱先生召开家庭会议,子女们态度十分明朗,字画是父亲的心血,是父亲一生所爱,该怎么处理由父母做主。消息传出,亲朋好友中不少人表示不理解,美国大都会艺术博物馆愿意出巨资收买,但朱先生主意已定,概不理会。

1998年11月19日,昆山市领导和朱福元先生在昆山宾馆签订了捐赠字画协议书,朱福元夫妇捐赠300幅字画,昆山市政府将在新建的科技文化博览中心规划1000平方米，建造设施一流的美术馆，并应朱先生之意，取名为"昆仑堂"。长长的一份作品捐赠目录，经过中国权威书画鉴定家徐邦达、谢稚柳、杨仁恺、杨新、薛永年等人的鉴定，市领导捧在手里觉得格外沉重，这分明是一颗滚烫的赤子之心啊！

从此时开始，市委、市政府正式把从日本运回字画、筹建昆仑堂美术馆的任务交给了市文联主席杨守松、书画院院长陆家衡，以及时任市文化局局长的我。

四

1999年10月，我们三人"东渡扶桑"，此行目的是相互间增进了解，争取促成早日捐画。朱先生夫妇把我们当作自己的晚辈，衣食住行都作了精心安排。繁忙工作之余，朱先生不顾年事已高，陪同我们去东京几家美术馆参观、考察。在东京半个月时间里，我们对朱先生夫妇，以及对朱先生全家有了进一步的了解。

大儿子朱飞生在中国长在日本，小儿子朱潜则生长在日本，二人先后被送去美国深造，完成了大学学业。二儿子朱鹏、三儿子朱翔上世纪九十年代去日本，两老请来家庭教师，安排他们学习语言，学习知识，并以普通员工的身份去赤坂饭店打工，以使他们能尽快适应日本社会激烈的竞争。有时总店生意忙不过来，下班后，他们还得去加班加点。其实两老拥有的资产，足可以供儿孙们享受荣华富贵，然而，他们说，这样做不是爱儿孙，而是害儿孙。

对于店里的员工，他们也是真诚相待。一位上海去东京打工的女孩子，举目无亲，朱太太视其同女儿一般，安置她在赤坂饭店工作，并为她介绍对象，成立家庭，她有了舒适的生活条件，仍不舍得离开赤坂饭店。国内去日本的留学生，不少人都得到过两位老人的帮助和支持，回国后仍惦念着他们。

与此同时，他们也对我们进行了考察——我们的言谈举止、办馆设想……并直截了当向我们提出了一连串有关藏好用好字画的具体问题。我们完全理解两老的心情，一辈子的心血结晶，绝不是以金钱能衡量的。我们耐心而又细致地一一作答,终于,"主考官"脸上露出了满意的笑容。

五

2001年5月,我们三人第二次去日本。飞机抵达日本成田机场,前来接我们的是北京的夏先生。他是朱先生的好朋友,是个艺术家,能歌唱,善字画,懂得鉴赏。上世纪八十年代在东京求学,受到朱先生夫妇关心、照顾,结下深厚友情。他特地从北京赶来,帮助我们一起整理、运送字画。

翌日上午,我们如约赴南青山朱先生住所。这是一幢公寓大楼,按响门铃,朱太太开门,热情地把我们迎进屋去。两室一厅60平方米的住房,简单的装修,朴素的陈设,让我们四人怔住了,我们的住房要比他们宽敞多了,我们的装潢、家具……啊,简直不敢相信,不能理解。然而,看着客厅里满满的几大箱字画轴子,我们释然了——是啊，再宽大的房子，怎能有两位老人的心胸宽广呢！

我们开始工作，将捐赠字画摄像，登记造册，然后分门别类，打包装箱。

这几天是朱先生最兴奋的日子。面对着唐代的《迦理迦尊者像》，此画全世界仅存三幅，一幅在敦煌，一幅在法国，再一幅被朱先生收藏；还有宋代崔白的"雌鸡图""雄鸡图"；元代倪瓒的山水图……朱先生眉飞色舞，跷着大拇指，精气神十足，滔滔不绝向我们讲述每一幅字画的动人故事，根本不像是一位八十三岁的老人。

我们将字画分装6个箱包，先带回一部分。出海关的时候，我们心里都有点儿不安，尽管拟订了一个又一个预案，可是一旦查出这么多古代字画，毕竟是一桩麻烦事。朱先生也很担心，特地派太太和大儿子朱飞把我们送到机场。出境检查时，走在前面的杨守松主席被拦下了，打开两只箱包接受检查，所幸里面只是衣服、相机等物品。望着余下的6只装满字画的箱包，我头脑里急剧思索着，万一……所幸，没有发生"万一"，我们三人的箱包顺利过关。啊，有惊无险！事后想想也令人费解，入境、出境日本海关检查的竟然都是守松。唯一能解释的是，这完全是朱先生、朱太太的造化！

以后，随着朱先生夫妇和儿子们陆续回国，余下字画都一一带回昆山，存放进昆仑堂美术馆，作为永久的珍藏，长年免费对外开放。

行文至此，我想起了朱福元先生在昆仑堂美术馆开馆仪式上所说的一段深情话语：

"昆山是我的根，我是永远不会忘记的。我把多年来收藏的流失在海外的历代书画文物，捐献给我的家乡，以报答故土滋养之恩。"

是的，朱先生，300幅艺术珍品，是美术馆的镇馆之宝，更是昆山的镇山之宝。你们两老的赤子之心昭示天下，故乡人会永远记住你们的高风亮节！

如今，你们虽然已离我们远去，但昆仑堂美术馆留在了家乡，她似一座高大的丰碑矗立在城市广场上，你们的精神将彪炳史册，烛照千秋！

图书在版编目（CIP）数据

在春风里成长：书写改革开放中的人生故事.第二卷/李朝全主编.—上海：少年儿童出版社，2024.1
ISBN 978-7-5589-1797-4

Ⅰ.①在… Ⅱ.①李… Ⅲ.①散文集—中国—当代 Ⅳ.①I267

中国国家版本馆 CIP 数据核字（2023）第 240088 号

在春风里成长：书写改革开放中的人生故事（第二卷）
李朝全 主编

关　欣　封面绘图
赵晓冉　装帧

策　划　陆小新
责任编辑　沈　佳　李旭娜　美术编辑　陆　及
责任校对　陶立新　技术编辑　许　辉

出版发行　上海少年儿童出版社有限公司
地址　上海市闵行区号景路 159 弄 B 座 5-6 层　邮编 201101
印刷　上海景条印刷有限公司
开本 720×1000　1/16　印张 11.25　字数 86 千字
2024 年 1 月第 1 版　2024 年 1 月第 1 次印刷
ISBN 978-7-5589-1797-4/I·5164
定价 39.00 元

版权所有　侵权必究